木戸《きど》の隠《かく》れ仕事《しごと》

大江戸番太郎事件帳㉚

特選時代小説

喜安幸夫

廣済堂文庫

目次

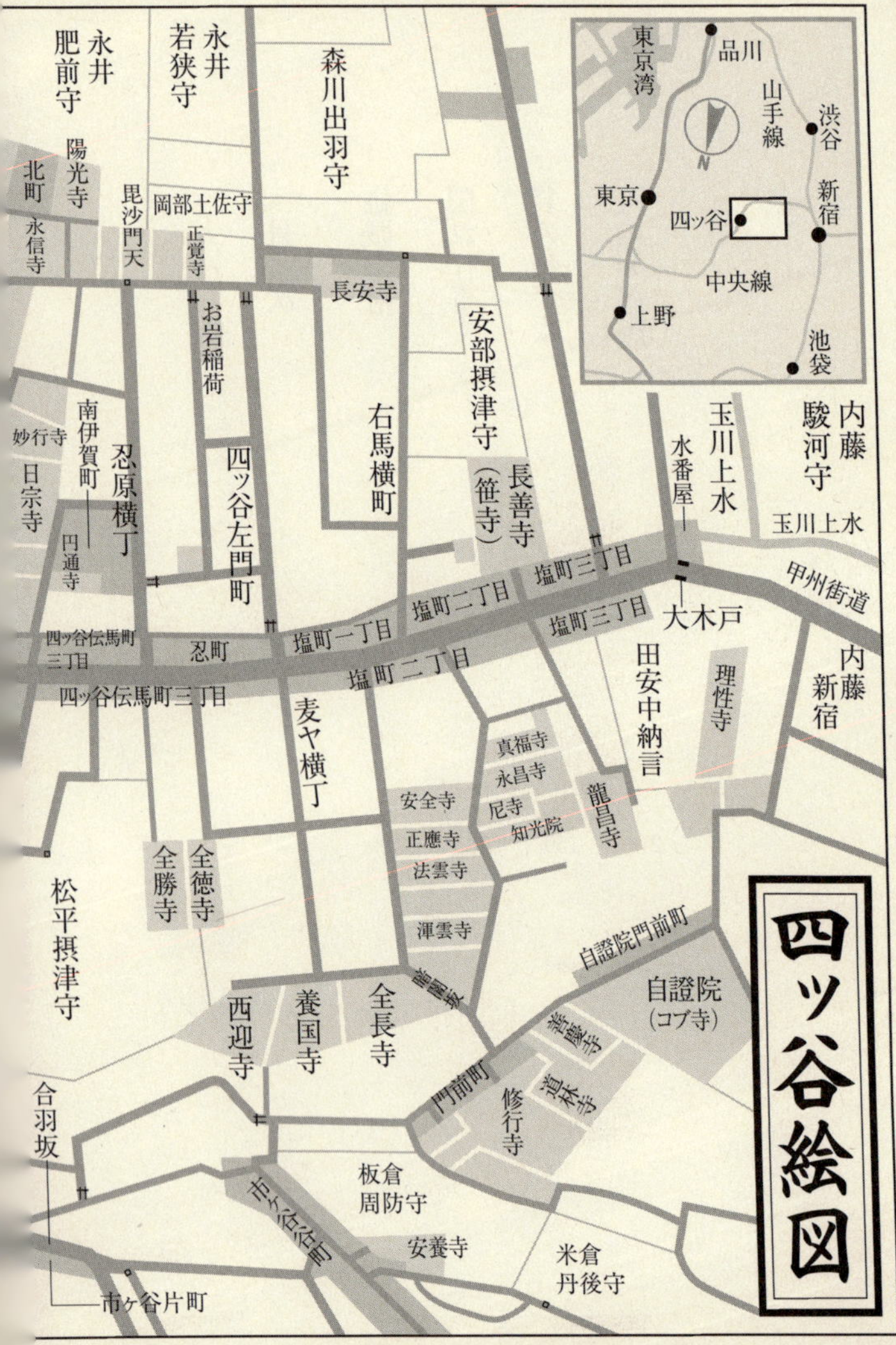
四ツ谷絵図
東京湾
品川
山手線
渋谷
新宿
東京
四ッ谷
中央線
上野
池袋
N
永井肥前守
永井若狭守
森川出羽守
陽光寺
北町
永信寺
毘沙門天
岡部土佐守
正覚寺
長安寺
お岩稲荷
安部摂津守
右馬横町
長善寺（笹寺）
南伊賀町
妙行寺
日宗寺
円通寺
忍原横丁
四ッ谷左門町
玉川上水
水番屋
内藤駿河守
玉川上水
甲州街道
大木戸
塩町三丁目
塩町二丁目
塩町一丁目
塩町三丁目
塩町二丁目
四ッ谷伝馬町三丁目
忍町
四ッ谷伝馬町三丁目
麦ヤ横丁
田安中納言
理性寺
内藤新宿
真福寺
永昌寺
安全寺
尼寺
知光院
龍昌寺
正應寺
法雲寺
渾雲寺
全勝寺
全徳寺
松平摂津守
自證院門前町
自證院（コブ寺）
西迎寺
養国寺
全長寺
善慶寺
門前町
道林寺
修行寺
合羽坂
市ヶ谷谷町
板倉周防守
安養寺
米倉丹後守
市ヶ谷片町

龍谷寺
御駕籠町
表町
北町
谷町
宗福寺
松平佐渡守
仲町
鮫ヶ橋
戒行寺
西念寺
谷町
鮫ヶ橋
真成院
安楽寺
愛染院
南
東
西
北
伊賀町
伊賀町
伊賀町
四ッ谷御門
四ッ谷伝馬町一丁目
四ッ谷伝馬町新一丁目
麹町十一丁目
竹町
麹町十一丁目
大横丁
麹町十二丁目
麹町十三丁目
麹町十三丁目
御簞笥町
御簞笥町
四ッ谷伝馬町二丁目
四ッ谷伝馬町二丁目
福寿院
伊賀町
四ッ谷塩町一丁目
四ッ谷塩町一丁目
伊賀町
了覚寺
十三丁目横丁
御堀
四ッ谷坂町
四ッ谷坂町
法光寺
市ヶ谷本村町
市ヶ谷本村町
市ヶ谷本村町
尾張徳川家上屋敷
市ヶ谷八幡町
市ヶ谷八幡宮
木戸
自身番
一丁=約109メートル
一丁
五丁

盗賊指南

一

「ひーっ」

突然だった。

女の悲鳴に、四ツ谷左門町《よつやさもんちょう》の木戸番人杢之助《もくのすけ》は飛び起きた。

（いかん！）

思ったときにはもう三和土《たたき》に跳び下り、下駄をつっかけ木戸番小屋の敷居を、つまずくことなく跳び越えていた。その挙措《きょそ》には、ゴマ塩頭で髷《まげ》も小さくなった、還暦に近い年齢を感じさせないものがあった。

外は暗いのか明るいのか区別がつかない。というより、昼か夜か意識のなかになかった。ただ、見えた。左門町の通りで、木戸のすぐ近くだった。

（街道から入り込《へえ》みやがったか！）

とっさに杢之助の脳裡をめぐった。

女が一人、倒れ込んでいる。木戸を街道に走り出る男の影がちらと見えた。木戸番小屋から人が飛び出て来たのを見て、慌てて逃げたようだ。

「あぁぁぁ」

声に出したか胸中に叫んだか、杢之助は駈け寄った。出血がおびただしい。どこかを刺されている。若いのか年増《としま》なのか分からない。見知らぬ女だ。まだ明らかに息はある。

「まずい！」

思いが杢之助の脳裡を走り、同時にそれが声となって出た。かなり大きな声だったのだろう。自分の声に杢之助は目が覚め、蒲団《ふとん》の中から首を腰高障子のほうにまわした。

薄暗いなかに、障子戸が外の明かりを受け白く浮かんで見える。

（朝か）

上体を起こした。障子戸の向こうに人の気配はない。

（聞かれていなかったか）

李之助は安堵を覚えた。

が、すぐに首筋にも額にも汗をかき、背まで湿っているのを感じた。天保七年（一八三六）もすでに秋深い長月《ながつき》（九月）に入り、風邪でも引かない限り寝汗をかくような季節ではない。

冷や汗だ。心ノ臓まで高鳴っている。

「いかん、いかんぞ」

自分に言い聞かせるようにつぶやき、起き上って桶と手拭《てぬぐい》を手に腰高障子を開け、外に出た。日の出前だが、かなり明るんでいる

目が、さきほどの〝惨状〟の場に行った。まだ木戸は閉まっているが、その内側である。崩れ込んだ女などいなくてあたりまえなのに、その当然にホッとしたものを感じ、ようやく心ノ臓が正常に戻り、

「ふーっ」

大きく息をつき、木戸番小屋の奥の長屋に向かった。向かったというより、番小屋の腰高障子を開け敷居をまたぐとすぐ左手が長屋の路地であり、木戸番小屋とその長屋は一体といっていいほどだ。

数歩路地に入り、故意に下駄に音を立てた。奥のほうにある井戸に、人の動き

が見えたのだ。水音を立て、顔を洗っている。

早朝に長屋の路地に入り、まだ出ている者がいなければそのまま自然に歩を踏み、そっと釣瓶《つるべ》で水を汲むところだが、人がいてはそうはいかない。

下駄でも音を立てずに歩くのが、杢之助には自然なのだ。昼間の雑踏のなかなら、一人くらい下駄に音がなくても目立つことはない。だが日の出前の静寂のなかに、一人足音もなく歩いていたのでは、朝帰りの間男《まおとこ》でなければコソ盗の帰還になってしまう。杢之助の〝自然〟が、世間では不自然なのだ。

一度、自然の歩調で井戸端に向かったのを、部屋から出てきた大工に見られたことがある。

「――あゝ、お早う。みんなまだ寝ていると思ってなあ」

とっさに言ったものだった。

「――あはは、かまうこたねえ。どうせみんな、もうすぐ起きるのだから」

と、大工は腰高障子を派手に開け、下駄の音も高らかに雪隠《せっちん》へ行ったものだった。案の定、

「――誰でえ、まだ日の出前《めえ》じゃねえか。下駄で起きろ起きろと触れてやがったやつは」

と、目をこすりながら腰高障子を開けた鋳掛屋《いかけや》の松次郎がぼやいていた。このとき松次郎はまた掻巻《かいまき》にもぐり込んで寝坊をしてしまい、羅宇屋《らうや》の竹五郎にたたき起こされていた。

故意に軽く下駄の音を立てた杢之助に、

「あら、杢さん。きょうは早いですねえ」

と、井戸端で顔を上げたのはおミネだった。起きたばかりか、いくらか乱れているのを恥ずかしそうに、まだ束ねてもいない長い髪を濡れた手でそっと撫《な》でた。その仕草も、四十路《よそじ》に近いというのに細身で色白のせいか、みょうに色っぽく見える。

「あゝ。つい早く目が覚めちまって」

杢之助は返すと同時に、心ノ臓がふたたび高鳴るのを覚えた。世間の不自然が自分には自然なことを、最も勘付かれたくないのはこのおミネなのだ。

下駄のことばかりか、さきほどの夢に感じたおのれの胸の内を、

(覚《さと》られてはならない)

思えばなおも動悸がつづく。

不自然なすり足で下駄に音を立て、

「おミネさんこそどうしたい。まだ、日の出前というのに」

「きょうはわたしが火熾《ひおこ》し当番だから。杢さんも七厘《しちりん》、出しておいてくださいな。あとで火を入れて持って行きますから。ついでに、ねえ杢さん」

「なんだね」

杢之助は釣瓶を手に取った。

「部屋の掃除もしましょうかねえ」

「い、いや。そんなことまで」

いくらか戸惑ったように杢之助は返し、釣瓶を井戸から引き上げ、桶に水音を立てた。このようなときの、気の利いた言葉を、杢之助は知らない。

「でも、年末の煤払《すすはら》いのときは手伝いますね」

「あゝ。儂《わし》も手伝うよ」

「ほんと？　あてにしていますから」

おミネは言うと桶と手拭を手に立ち上がり、

「またあとで」

井戸端を離れた。

洗い髪をうしろに垂らしたおミネの背を、井戸端にしゃがんだまま杢之助は目

で追い、

（いかん、いかんぞ儂は）

心ノ臓の鼓動は、まだもとには復していなかった。

二

このあと日の出とともに長屋の路地には、団扇《うちわ》で七厘をあおぐ音に朝の煙が立ち込め、杢之助の開けた木戸からは納豆売りや豆腐屋が売り声と一緒に入って来てしばし朝の喧騒がつづく。

大工や左官など出職《でじょく》の者はこの喧騒のなか、日の出の朝六ツをいくらかまわったころには女房に見送られて長屋を出る。

木戸番小屋の前で、

「おう、きょうも気張ってきねえ」

と、杢之助に声をかけられ、木戸を街道に出てその日の現場に向かう。六ツ半（およそ午前七時）には現場に入らなければならない。

その六ツ半ごろには、

「おう、杢さん。行ってくらあ」

と、鋳掛屋の松次郎と羅宇屋の竹五郎が木戸番小屋に声を入れる。鋳掛屋も羅宇屋も歴とした出職だが、町々をながす出商《であきな》いの古着屋や小間物の行商とおなじで、塒《ねぐら》を一歩出ればそこがもう商い場であり仕事場となる。

「おう、きょうはどこまで」

「あゝ、近場だい。きのうから頼まれていてよう」

「お向かいの麦ヤさ。あとはその奥のお武家の町をちょいと」

天秤棒に鋳掛道具を引っかけた松次郎が、張りのある声を上げれば、抽斗《ひきだし》のついた道具箱を背負った竹五郎が補足するように言う。

甲州街道をはさみ、左門町の向かい側の枝道が麦ヤ横丁である。なるほど街道で分けられているが、町内のようなもので近場だ。

「ほう、そりゃ近くていいなあ。稼いできねえ」

杢之助はすり切れ畳の上で腰を浮かせて返す。竹五郎の道具箱の上に挿《さ》した煙管《きせる》や羅宇竹《らうだけ》が歩に合わせ、カチャカチャと小気味のいい音を立てている。

木戸を出て甲州街道に立てば、松次郎は天秤棒の両端の紐を握って、

「さあ」

ぶるると振り、竹五郎はうしろに手をまわし、

「おうっ」

と、道具箱へさらに音を立てる。

二人のこれから仕事といった、いつもの仕草である。ひときわ大きなガチャリが木戸番小屋にも聞こえる。

それがまた杢之助には、すり切れ畳の上に商いの柄杓《ひしゃく》や桶、草鞋《わらじ》などの荒物をならべはじめる合図でもある。木戸番人は町に雇用されて木戸番小屋に住み木戸の開け閉めをする番人だが、町役《ちょうやく》たちから出る給金だけでは三度の食事もままならず、どこの木戸番小屋でも荒物や子供相手の駄菓子を商っている。町の住人も子供たちも、町内で間にあう物は町内の木戸番小屋で購《あがな》っている。町内は一つの家族なのだ。

つぎに木戸番小屋に、

「杢さん、行ってきますね」

と、声を入れるのはおミネだ。いつも朝五ツ（およそ午前八時）時分になる。

木戸を出て東へ一軒目の清次《せいじ》の居酒屋で、お運びや皿洗いの手伝いをしている。

店は街道に面して暖簾《のれん》を出しているが、建物は狭い裏庭越しに木戸番小屋と背中

合わせで、垣根を越えれば木戸を通らなくても直接行き来ができる。

居酒屋といっても昼はめし屋で、酒の客が出入りするのは夕刻近くになってからだ。昼間は街道の軒端《のきば》に縁台を置き、一杯三文の茶を出している。四ツ谷大木戸に近いせいで、旅に出る者や見送り人などから、軽く口を湿らせるのにけっこう重宝がられ、大八車や荷馬の人足、駕籠《か ご》舁《か》きたちもよく縁台に座って一休みしていく。縁台は日の出とともに出しているが、早朝は清次の女房の志乃《しの》がお運びをしており、この時分におミネと交替するのだ。

普段なら声だけ入れ、うしろに束ねた洗い髪をなびかせ軽やかな下駄の音を木戸のほうに響かせるのだが、

「さきほどは」

と、下駄の音を腰高障子の前でとめ、

「どうしたのですか。いつもより早かった上に汗までかいてて、まさか風邪でも引いたのでは。そういえば顔色も良くなかった」

と、片足を敷居の中に入れた。

「い、いや、なんでもねえ。なんでもねえんだ」

慌てたように杢之助は顔の前で手の平を振った。

「そぉお？」

おミネは足を引き、

「それじゃ気をつけて」

と、軽やかな下駄の音を木戸のほうへ響かせて行った。

「ふーっ」

その音が消えると、李之助は知らず肩に力が入っていたのに気づき、息とともに抜いた。

が、心ノ臓がまた高鳴っており、おミネにいつもと異なるのを気づかれたせいもあろうか、こんどは容易に収まらなかった。朝方に見た、覚めれば忘れる単なる夢ではない。李之助にとってその夢は、常に現実なのだ。

開け放したままの腰高障子から、視線を通りに向けた。

往来人には町内の者だけでなく、見知らぬ者も混じり始めている。ときおり大八車も音を立てる。

このあと木戸番小屋をのぞくのは、桶や柄杓を買いに来る町内のおかみさん連中で、なかには長々と亭主への愚痴《ぐち》をこぼしていく者もいる。それだけではない。

町内の夫婦喧嘩や親子喧嘩など、

「まあまあ、どっちも言い分はあろうが……」

と、杢之助が顔を出せばおよそは収まる。

道を訊《き》きに来る者もいる。それらを親切に案内するのも、町々の木戸番人の仕事なのだ。

おもての居酒屋の清次が、ふらりと木戸番小屋の敷居をまたいだのは、昼八ツ（およそ午後二時）を過ぎた時分だった。どこの飲食の店も昼の書き入れ時を終え、夕の仕込みに入る前のわずかな息抜きができる時間帯だ。

草鞋を買いに来た町内のおかみさんが、ひとしきり亭主の悪口をならべ立てていたところだ。

「あはは、そうこき下ろしなさるのも、頼りになるからじゃありやせんかい」

などと杢之助は返し、

「おや、これはおもての旦那。ゆっくりしていってくだせえ」

と、杢之助はすり切れ畳の上の荒物を手で押しのけた。

「あら、これは清次旦那。またここでお酒よりも油を売りなさるか」

「まあ、ちょいとだけだがね」

と、愚痴を言いまくったおかみさんは胸の痞《つか》えが下りたか、晴れやかな顔で言ったのへ清次は返し、

「では旦那、ごゆっくり」

「あゝ。そうさせてもらうよ」

敷居を外にまたいだおかみさんと入れ替わるように三和土へ入り、

「けさは体の調子でも悪かったので？」

と、すり切れ畳に腰を下ろし、上体を奥の杢之助のほうへねじった。

「おミネさん、なにか言っていたかい」

「へえ。杢さん、風邪でも引いたのじゃねえかって。朝の冷え込みはじめたこの季節に汗までかいて、と」

「ほう」

と、杢之助は安堵の表情になった。

「えっ。風邪じゃなかったら、なにかありやしたので？」

と、さすがに清次である。風邪でなければなにか他に冷や汗をかくような事態でも出来《しゅったい》したと判断したようだ。

町内のおかみさんがいたときと帰ったあとでは、杢之助と清次のもの言いがまるで異なる。おかみさんのいるとき、杢之助は町に雇用されている木戸番人の、街道おもてに暖簾を張る旦那に対する姿勢だった。木戸番人では、これが自然である。ところが杢之助と清次の二人になると、それは変わった。清次が敬老の姿勢を示しているのではない。杢之助は還暦に近いといっても、細身の筋肉質で爺さんなどには見えない。見えるとすれば、杢之助が故意に背を丸め年相応に見せているに過ぎない。清次も杢之助に似て筋肉質で精悍《せいかん》な感じがし、杢之助より十歳ほど若いが、やはり実際の歳より十年は若く見える。

この二人の間柄を示す相互の語りようは、たとえおミネの前であっても見せられない。そこを知っているのは、清次の女房の志乃だけなのだ。

だが、二人がいま話している木戸番小屋の腰高障子は開け放されたままで、前を通ればおもての旦那が木戸番人と話し込んでいるのが見える。

杢之助も清次も、わざとそうしているのだ。清次が来たとき、冬場の北風の強い日ならともかく、腰高障子を閉め切っていたなら、他人《ひと》に聞かれたくない話をしていいるのでは……。

(想像する者が出るかもしれねえ)

杢之助と清次は、それを本気で懸念しているのだ。だから、開け放したなかに声が自然と低くなるのは仕方のないことだ。

「ふふふ。清次よ」

「へえ」

「夜明けごろの夢見が悪かったからといえば、嗤《わら》うかい」

「いえ。嗤ったりなど……」

清次は怪訝《けげん》な表情になり、上体をねじったまま杢之助を見つめ、

「で、どんな夢を見なさったので？」

「ふふ。おめえには話してえのだが、こうも明るいんじゃなあ」

「だったら今宵……」

「そうさなあ。おもての店が捌《は》けたころ、また腰高障子をちょいと動かしてくれるかい」

「へえ」

清次が返した声に、

「あれあれ、居酒屋の旦那。おもてから見えていましたよ。またここで暇つぶしですか」

町内の顔見知りのおかみさんの声が重なった。買い物に来たようだ。

「ま、そんなところだ」

清次は言いながら腰を上げ、

「お邪魔しましたな」

「へえ、またいつでもお越しくだせえ」

杢之助はすり切れ畳に胡坐《あぐら》のままぴょこりと頭を下げた。

清次が三和土から出ると、

「きょうはそこの草鞋を三足ほどくださいな」

「へい、草鞋三足」

おかみさんの声に、杢之助は明るい表情で草鞋を引き寄せた。

三

日暮れが待ち遠しかった。

太陽が西の空に大きくかたむいたころ、

「おう、戻ったぜ。きょうもいい仕事ができた」

「麦ヤの奥まで行ったが、あしたもおなじところだ」

と、松次郎と竹五郎が帰ってきた。二人ともあしたの注文まで取ってきたようだ。出商いの者は行った町でいろんなうわさを耳にし、また伝搬者にもなる。変わった話があれば、二人とも戻って来ると木戸番小屋のすり切れ畳に座り込んでひとしきり話し込んでいくのだが、きょうは腰高障子の前に商売道具を置くとその足で、

「さあ、湯だ、湯だ」

と、通りの中ほどにある湯屋に向かった。職人にとって毎日の仕事のあとの湯がなによりの楽しみだが、早く行けばそれだけ長湯ができる。麦ヤ横丁やその奥の武家地で、さほどのうわさ話もなかったようだ。

「おう、行ってきねえ」

と、杢之助は二人の背を見送り、ホッと息をついた。松次郎や竹五郎が、話すようなうわさを仕入れていないということは、左門町をはじめ近くの町々で殺しなど大きな事件は発生しておらず、きょうも一日平穏だったことになる。これが杢之助にとって、なによりもありがたいことなのだ。

陽が落ち、外は徐々に暗くなり、木戸番小屋の中にも清次の居酒屋で火種をも

らい、油皿に火を入れた。

部屋の灯りは徐々に、油皿の灯芯の小さな炎のみとなる。

清次の居酒屋が暖簾を下げるのに決まった時間はないが、夕めし時が終わったあとは、場所柄これから内藤新宿の色街にくり出すまえに景気づけに一杯といった客が多い。もちろん仕事帰りに一杯という客もいるが、それらの足は五ツ（およそ午後八時）前には途絶える。客がいなくなったときが、暖簾と軒提灯《のきちょうちん》を下げる時間となるのだ。

その時分になると左門町の通りに人影はなく、おもての街道にもときおり酔客のぶら提灯が揺れるばかりとなっている。この時分にいつも軽やかな下駄の音に提灯の灯りが外から腰高障子に映り、

「杢《い》さん、おやすみ」

と、開けたすき間からおミネが顔を出す。せがれの太一がいたときと違い、いまはそれだけでまた戸を閉め、長屋の路地に下駄の音が消えるのだが、

「けさは風邪じゃなかったのねえ。よかったあ。あとで清次旦那が来るって、志乃さんが熱燗と肴《さかな》の用意をしていましたよ。わたしもご相伴に与《あず》かろうかしら」

「あはは、よせよせ。あしたに差しつかえるぞ」

「んもう、冗談ですよう。それじゃ、ごゆっくり」

いくらか鼻声で言うとまた腰高障子に音を立て、灯りとともに下駄の音が路地のほうへ遠ざかった。

（すまねえ、おミネさん）

杢之助は胸中に念じ、灯芯一本の灯りのなかに大きく息をした。

すぐだった。ふたたび腰高障子に外から提灯の灯りが映った。

「入りねえ」

杢之助はすり切れ畳の上から低い声を投げた。

建てつけのあまりよくない障子戸ではあるが、さっきのおミネのときとは異なり、清次の手にかかれば杢之助の下駄とおなじで音が立たない。

「あとで志乃がもう一本持って来まさあ」

と、開けたすき間からするりと入り、熱燗の入ったチロリをかざした。

「それはありがてえ。ともかく上がれ」

「へえ」

と、二人分の湯飲みが用意されたすり切れ畳に清次は上がり、杢之助と対座するように胡坐を組んだ。

油皿の炎が小さく揺れ、湯飲みに満たされた酒をゆっくりと口に運び、

「けさの夢見だがなあ……」

李之助は話しはじめた。

外にはときおり犬の遠吠えが聞こえるのみで、一帯は静寂そのものとなっている。そのなかに、声も自然に低くなる。

聞きながら清次はもう湯飲みを幾度、口に運んだろうか。手酌《てじゃく》でまた湯飲みを満たし、

「で、李之助さんはその女に見覚えがあると？」

「目が覚めると同時に、顔は消えた。見覚えがあるかどうか、そんなことじゃねえ」

「その女が、夢の中ではまだ生きていたってことですかい」

清次は淡い灯りのなかに、李之助のいくらか皺《しわ》を刻《きざ》んだ顔を見つめた。

「そうだ」

李之助はうなずき、ゆっくりと湯飲みを口に運び、

「さっきも話したろう。まず儂は〝いかん！〟と思った」

「聞きやした。そのあと女の息のあるのを見て、〝まずい！〟と思ったとか、そ

れとも口に出したとか……」

「そこなんだ、清次よ」

「はあ」

と、杢之助のこのような話を真剣に聞くなど、清次以外にいないだろう。

「で、どうなさいましたので」

「儂が〝いかん！〟とも〝まずい！〟とも、とっさに思ったのは、女が死ぬかもしれない、と……、それを心配したからなんかじゃねえ」

「えっ。だったらなにを……」

清次が訊いたのへ、杢之助はまた湯飲みを口に運び、

「知らねえ女が刺されようが死のうが、儂の知ったことじゃねえ」

「そりゃあ、まあ」

「儂が、いかん、まずい、と思ったのは、街道から木戸を入った、左門町だったからだ。夢の中でも、おのれのそう思ったことがはっきり分かり、目が覚めてからも、そのことが頭から離れねえのよ」

「杢之助さん」

清次はあらためて杢之助を見つめた。杢之助の言おうとしていることが、よう

やく分かったようだ。李之助を見つめたまま、清次はつづけた。

「いつも李之助さん、言っていやしたねえ、奉行所にはどんな目利きがいるか知れたものじゃねえ……と。左門町で事件が起これば、ここが役人の詰所になるばかりか、李之助さんが案内役となって奉行所の同心と直接……」

「そう、そこだ」

李之助はうなずき、

「つまりよ、儂は他人《ひと》のことなどどうでもいい。てめえの身のことしか考えちゃいなかった。それが、儂のすべてだったのよ」

「…………」

清次は黙って湯飲みを口に運んだ。李之助も運んだ。その動きに、油皿の小さな炎がかすかに揺れた。

「おこがましいぜ」

おのれのことだ。李之助は言った。

「この左門町が、日々平穏であって欲しいなど、なにも住人のためを思ってのことなんかじゃねえ。結局はおのれ自身のためなのさ。だからよう、たとえ夢の中であっても、おのれ自身がこうもはっきり見えちまうと、無性におミネさんにも松つぁんにも竹さんにも、申しわけなくなってきてよう。ここに住まわせてもらっていること自体が、世間さまに……」

「杢之助さん」

清次がなにか返そうとしたとき、部屋の櫺子窓《れんじまど》の外に下駄の音が響き、ついで提灯の灯りが腰高障子を外から照らした。志乃だ。

「チロリをもう一本。それに、残り物なんですが」

言いながらチロリと提灯を下げた手で腰高障子にすき間をつくり、足と腰で器用に押し開けて入ってきた。

「味付けのおからと大根の煮込みですよ」

「すまねえなあ、いつも」

杢之助が言い、清次が手を伸ばし盆を引き寄せた。大根も味付けは醤油か、香ばしいにおいが湯気とともにただよった。

「では、ごゆっくり」

志乃は言うとまた外から腰高障子に音を立てた。

下駄の音が遠ざかると、杢之助はおからを一口味わい、

「志乃さんか。まったく、おめえには過ぎた女房だぜ」

つぶやくように言った。杢之助の、もう一つの口ぐせである。

亭主の清次と杢之助のためにいつも熱燗を用意したり、料理の味付けもなかなかのものであることなどを言っているのではない。むろんそれもあるが、いつもなら杢之助のこの口ぐせが出るたびに、

「——よしてくだせえ」

清次は手をひらひらと振るのだが、きょうはそれがない。清次はきょうの夢見の話から、杢之助の胸中を感じ取っていたのだ。

「もう、あれから十数年になりやすねえ」

と、志乃のありがたさを謙遜するよりも、逆に肯是《こうぜ》するように、しんみりと言った。

さらにそれを杢之助は受け、

「そう、はっきりと年数は数えちゃいねえが、早く頭の中からも体からも忘れ去りたいことだからなあ。十二、三年、いや、十四、五年になるかなあ」

言うと箸を置き、湯飲みをあおった。ぬる燗になっている。

かつて杢之助と清次は、盗賊の一味だった。おぼろ月の夜に忍び入るところから、白雲《しらくも》一味といっていた。いかなるときにも、血は見なかった。殺さず、犯さ

ず、お宝には手心を加え、根こそぎ持ち去ることはしなかった。そのなかで、李之助は副将格だった。

日本橋の呉服問屋に忍び入ったときだった。女中部屋に入った仲間の一人が、掟《おきて》を破ろうとした。李之助が咎《とが》めて組み打ちになり、騒ぎに気づいた清次が駈けつけ、そやつを刺した。そのときそやつは苦しまぎれに清次の顔を覆っていた黒いさらしをはぎ取った。薄暗い中だったが、清次は女中に顔を見られた。

さらに騒ぎを聞きつけたかしらが、手下を引き連れ女中部屋に来た。かしらはその場で、蒼ざめうち震える女中をいきなり刺した。心ノ臓を一突きだった。女中はその場にうめき声とともに崩れ落ちた。

「——お、おかしら。なぜ！」

李之助は立ちすくんだ。かしらは言った。

「——この女、清次の面《つら》を見た」

女中部屋に女は一人ではなかった。もう一人、腰を抜かしたか蒲団の横にうずくまり、顔を伏せ震えていた。

かしらはその女の背にも匕首《あいくち》を刺し込もうとした。

その刹那《せつな》だった。

「──おかしら！　ならねえっ」

李之助の身が動き、かしらの脾腹《ひばら》に匕首を刺し込んだ。

「──てめえ！」

断末魔に声を絞り出したかしらに李之助は言った。

「──白雲のお勤めは、これで終わりにいたしやしょう」

「──てめえ、よくもおかしらを！」

李之助に飛びかかろうとした仲間を、抜き身の匕首で防いだ。

「──ずらかるぞ！」

李之助は叫んだ。

清次は応じ、逃走する夜の往還に混戦となり、追ってくる仲間をすべて斃《たお》したものの、李之助と清次は互いに見失った。そのまま、ともかく走った。

このとき、女中部屋で李之助と清次に助けられたのが、志乃だった。志乃は清次の顔を見ていた。

その日以来、白雲一味の活動は幾人かの死体を残し途絶えた。志乃を助けたことが、李之助と清次がかしらをはじめ仲間すべて抹殺し、白雲一味に終焉をもたらすきっかけとなったのだ。

だが、

『——生き残っている者がいるはずだ』

奉行所はみた。李之助と清次が逃げのびたのだ。奉行所の同心が多数、数日にわたって江戸市中を探索した。だが、残った者の人数も名も分からず、人相書を描くこともできなかった。志乃が話さなかったのだ。

李之助は左門町に近い長安寺に拾われて墓守《はかもり》になり、清次はかつての技を活かし大川（隅田川）で猪牙舟《ちょきぶね》の船頭と川魚料理の板前になった。

長安寺の住持の世話で李之助は左門町の木戸番人になったが、木戸番小屋と背中合わせで街道に面した、開業したばかりの居酒屋の亭主が清次だったのには驚いた。さらに、その女房が志乃だったのには仰天した。

聞けば、猪牙舟の客を上野池之端《うえのいけのはた》の茶屋に運んだとき、そこで仲居をしていた志乃と再会したというのだ。

二人一緒にいた女中のうち、一人が殺され一人が助かった。助かった女中は好奇の目にさらされ、店にも日本橋にも居づらくなり、上野池之端の水茶屋に奉公の場を変え、ひっそりと暮らしていた。

「——まったく、罪なことをしたものです」

李之助と再会したとき、清次は言ったものだった。

志乃はいくらか色黒で痩せた貧相な女だったが、よき伴侶《はんりょ》を得たためか、居酒屋のおかみさんになってからは恰幅《かっぷく》のあるしっかりした女に変貌した。

おミネとは、李之助が墓守のときに顔見知りとなった。長安寺の小さな門前町の長屋の住人で、饅頭《まんじゅう》職人の女房だった。李之助が左門町の木戸番小屋に移ってから、おミネは亭主と死に別れ、幼い太一を連れて左門町の長屋に引っ越し、李之助は太一を可愛がった。その太一が十二歳になった去年、品川宿の割烹浜屋《かっぽうはまや》へ奉公に出て一年半になる。

清次の居酒屋は四ツ谷で甲州街道に面し、木戸番小屋もひっそりとした佇《たたず》まいではない。街道はむろん、左門町の通りにも人通りは多い。

そのような土地《ところ》へ、人に隠れて生きる李之助と清次があえて身を置いたのは、人間《じんかん》にあってこそ身を隠せるとの発想からだった。

市井《しせい》に埋もれる。盗賊であったればこそ思いつく隠遁《いんとん》の術であったろうか。それをまっとうするには、その町の人間になりきらねばならない。

李之助は人一倍、そうなっているつもりだった。そのように、裏に表に人知れず尽力もした。

ところが、けさの夢見である。

「因果よなあ」

「だから李之助さん、おミネさんと……。町のお人らもみんな……」

「おっと、そのさきは言うねえ」

言いかけた清次に李之助は手の平を立てて制し、

「太一を盗っ人のせがれにできるかい。おミネさんもなあ、盗賊の女房には似合わねえ」

言いながら湯飲みに手を伸ばしたのへ、清次は返した。

「そこまで以前を引きずりなさるか」

「消せねえぜ、昔をよう。それが生きている証《あかし》かもしれねえ」

李之助の言葉に清次はうなずき、

「まっこと、志乃はこの上ない女房でございます。なにもかも承知のうえで」

と、みずからそれを舌頭《ぜっとう》に乗せたのは、これが初めてである。二人は同時に湯飲みを干した、

「おっと。そろそろまわらなきゃならねえ時刻のようだ」

市ケ谷《いちがや》八幡の打つ時ノ鐘はまだ聞こえないが、感覚でおよそは分かる。時ノ鐘

は最初に捨て鐘が三回鳴り、そのあと四回聞こえるはずだ。夜四ツ（およそ午後十時）が町々の木戸が閉まる刻限で、これが木戸番人の一日を終える仕事となり、この時分を過ぎると江戸の町は鼓動を止めたようになる。岡場所にまだいる者は泊り客となり、暗い往還に徘徊している者がおれば盗賊であろう。

「きょうは朝から心ノ臓が騒いでやがったが、おめえに話せてなんとか収まったぜ」

言いながら杢之助は、板を張り合わせただけの枕屏風《まくらびょうぶ》にかけた拍子木に手を伸ばした。

「取り越し苦労はいけませんや。杢之助さんの悪いくせでさあ」

言いながら清次は隅の杢之助の提灯を取り、油皿の炎から火を取った。

二人はそろって外に出た。

長月（九月）の夜はかなり冷え込む。杢之助は股引《ももひき》に地味な着物の尻を端折《はしょ》り、手拭で頬かむりをして腰に提灯の棒を差し、拍子木を手にしている。木戸番人のかたちだ。夏場でも冬場でも、白足袋がなぜか木戸番人の決まりとなっている。歩くときは、いくらか前かがみのしょぼくれた格好になる。それが江戸の町の風物詩でもあり、杢之助もつとめてそれに倣《なら》っているが、下駄の音ばかりは身についた習性でいかんともしがたい。

李之助は暗い空洞となった左門町の通りに歩を取り、清次は木戸から街道に出た。街道にもこの時分になると人の気配も灯りもまったくない。表戸はすぐそこだから、提灯なしでも帰れる。

背に、

――チョーン
拍子木の乾いた音に、

「火のーよーじん、さっしゃりましょーっ」

李之助の声が聞こえた。

どの町の木戸番人も、一日でこれが最も大事な仕事だ。まわっているとき、いつもなら左門町の住人である〝自分〟を感じるのだが、

(因果よなあ)

今宵は感じられてならなかった。

三丁(およそ三百米《メートル》)ほどの左門町の通りを踏み、さらに脇道や路地もまわり、町内を一巡したころ夜四ツの鐘が聞こえてきた。李之助は街道にも目をくばり、木戸を閉める。木戸を閉め、閂《かんぬき》に鈍い音を立てた。

提灯を手に、空を見上げた。

星も月もない。雲が出ているようだ。

(あしたは雨かもしれねえなあ)

ふと思い、木戸番小屋に戻った。

四

翌朝、

「いけねえっ」

跳ね起きた。外はそれほど明るくなっているわけではないが、体の感覚ではすでに日の出の時分だ。

急いで手拭と桶を手におもてに出ると、雲が低く垂れ込め、これでは東の空の明るさから時刻を読み取ることはできない。案の定、長屋の路地の喧騒はまだ始まっておらず、井戸端に出ているのはおミネと一番手前の部屋の大工の女房だけだった。

「おや、杢さん。きょうはゆっくりなんだねえ」

「きのうはあんなに早かったのに」

大工の女房におミネがつづけ、

「この空模様だ。感覚も狂ってくらあ。ともかく木戸を開けなきゃ」

杢之助は急いで水を汲んだ。

木戸を開けるのは日の出の明け六ツである。

その時刻を告げる鐘の音が聞こえてきた。

「いけねえ」

杢之助はバシャリと顔に勢いよく水をあて、桶はそのままに手拭で拭きながら番小屋の前を通り越し、木戸に向かった。向かったといっても木戸番小屋のすぐ横だ。部屋の櫺子窓からも、手がとどくほどに見える。

木戸の外に、すでにいつもの豆腐屋や納豆売り、魚屋が来て木戸が開くのを待っていた。さすがは朝めしに間に合わせる棒手振《ぼてふり》たちは、江戸庶民の朝の胃袋を請け負っているのだと自負しているのか、一般の者が時刻の感覚が狂うときでも確実にやって来る。

「すまねえ。いま開けやすで」

と、杢之助が急ぎ門をはずしたのは、捨て鐘三つは鳴り終わったが、あとの六回の鐘がまだ鳴っているときだった。

「おぉう、左門町の。まだ鳴り終わっちゃいねえ。お定めはちゃんと守っていなさるぜ」

「ほかの木戸じゃ、鳴り終わっても大声で呼ばなきゃ出て来ねえところもあるからなあ」

と、いずれも待ちくたびれたようすはない。やはりかれらとて、こうした天気の日には、普段よりいくらかは遅くなったようだ。

左門町の木戸は、いつも杢之助が日の出前には開けている。

「――この町はありがたいぜ。鐘を待たずに商いができる」

と、どの棒手振もありがたがっている。

それら行商人たちが最初に触売《ふれうり》の声をながすのは、木戸を入ってすぐ横の路地である。だから左門町の長屋が毎日江戸で一番早く、朝の喧騒を始めていることになる。

しかしきょうは、朝の棒手振たちが、

「とーふ、とうふ。へい、豆腐屋でごさーい」

「納豆はいかがで、なっとーなっと」

と、威勢のいい声を入れたとき、まだ路地に煙が立ち込めていなかった。だがそれら触売の声に、左官の女房も松次郎や竹五郎たちも部屋から出てきて、井戸端で顔を清めるよりさきに鍋《なべ》や笊《ざる》を出してきた。

今日の火熾し当番は松次郎のようで、急いで火打石を叩き、朝の喧騒はそれからだった。

空に雲が薄れる気配はなく、逆に厚みを増して開け六ツの鐘が鳴ってからも一日の始まりの気分がしない。

それでも喧騒が終わってからすぐだった。大工と左官が連れ立って路地から出てきた。普請場は異なるが、おなじ内藤新宿に現場があるらしい。珍しく木戸番小屋の前で足をとめ、

「どうだろうなあ、きょうは」

「どうも危ねえ」

と、空を見上げた。

いまにも落ちて来そうなのだ。

「内藤新宿なら、降り出しゃ走って帰《けえ》って来られるじゃねえか」

李之助が三和土から顔だけ出して言うと、

「ま、そうだ。行くだけ行ってみるか」

「せっかくうちのやつ、急いで弁当つくってくれたんだがな」

と、大工は道具箱を肩に、左官屋は各種の金《かな》べらを入れた袋をちょいと肩にかけ、迷いを乗せた足取りで木戸を出て街道を西手の内藤新宿のほうへ向かった。

街道は雨を予測したか、普段ならすでに出ている荷馬や大八車は見られず、往来人も少ない。

半刻（およそ一時間）ばかり過ぎ、六ツ半（およそ午前七時）時分になると天秤棒の松次郎と縦長の道具箱を背負った竹五郎が、

「おぉう、杢さん。大丈夫かなあ、この空は」

「ま、きょうも麦ヤで近くだから、すぐ走って帰《けえ》れるが」

と、いつもと違い頼りない口調を木戸番小屋に入れた。

「どうかなあ。降ってもおかしくない空模様だが」

と、杢之助も腰高障子から首だけ出して空を見上げた。

「なんでえ、杢さんまでそう言うかい」

「杢さんのせいじゃないよ」

「まあ、降ると思ったら早々に戻ってきねえ」

と、二人は半刻前の大工と左官よりも頼りない足取りで木戸を街道に出た。竹五郎の背の羅宇竹や煙管の音も、普段より響きがよくない。

いつもならこの時分になると、街道は向かいの麦ヤ横丁へ横切るだけでも、走って来た大八車などに気をつけねばならないが、きょうはゆっくりと渡れた。鋳掛屋の松次郎などは、町角や広場で店開きをしたまではよいが、ふいごを踏みはじめたころに降ってきたのでは目も当てられない。だからこんな日などはとくに空模様に気をくばっている。

木戸番小屋でも杢之助が腰高障子を開け放したまま、

「さあて、きょうはどうするか」

と、すり切れ畳の上で荒物をならべようか隅に積み上げたままにしておくか迷った。雨の降った日には買い物客は来ない。黒い雲は、大工と左官が出たころより低くなっており、降り出したらにわか雨などでなく長引きそうに感じられる。

「ともかく」

と、ならべはじめたところへ、

「おぉう、きょうはもうだめだ」

「いまはまだいいんだがなあ」

と、松次郎と竹五郎が戻ってきた。麦ヤ横丁に入ったところで、ぽつぽつと降ってきたのだ。

二人の声と羅宇竹の音に顔を上げると、松次郎と竹五郎以外にも左門町の通りを走っている顔見知りの住人がいた。

「やっぱり降り出したかい」

「あゝ、店開きする前《めえ》で、けえってよかったぜ」

「すぐには熄《や》みそうにねえ」

松次郎と竹五郎は木戸番小屋に声を入れると長屋の路地に走り、すぐまた腰切《こしきり》半纏《ばんてん》を三尺帯で決めた職人姿のまま手拭を肩に出て来て、

「混まねえうちにと思ってよ」

「いまならまだ空いているだろうから」

と、また声だけで通りに走り出た。

湯だ。左門町の湯屋は通りの中ほどにある。こうした日には仕事にあぶれた出商いや出職の者で朝からけっこう混む。

「おう、おう。傘も持たずに」

と、杢之助は二人の背を見送ると、

「こっちも早めに」

つぶやき、すり切れ畳から腰を上げた。足洗いの水だ。雨が降った日は、外から帰って来た者は足が泥だらけになっている。だから玄関に水桶と雑巾を用意しておくのは、長屋でも大きな屋敷でも当然のこととなっている。清次の居酒屋などは客足は減るものの、入り口の土間に盥《たらい》と数枚の雑巾を出している。店場が土間の飯台であっても、泥足よりも洗った足のほうが、くつろいで飲み喰いができるというものだ。

杢之助も傘をささず、下駄をつっかけ桶を手に長屋の井戸に走った。降りはじめたばかりだから、まだ地面はぬかるんでいない。

急いで水を汲んでいると、おミネが部屋の腰高障子を開け、

「あらあら、杢さん。わたしも」

と、桶を小脇に走り出て来た。

「きょうはもう縁台の仕事はないだろう」

「だけど、お仕事には出なくちゃ」

話しながら杢之助はおミネの桶にも水を入れ、

「それじゃ」

と、小雨の中を急ぎ戻った。地面がもうかなり湿っている。

おミネは朝仕事に出ると夜まで戻って来ないが、水桶はそのときの用意だ。おもての店は志乃がいったん出した縁台をかたづけ、清次が盥に水を入れているところだろう。

杢之助が木戸番小屋に戻り、

（あの豆腐や納豆のお人ら、商いがもう終わっておればいいのだが）

と、思いながら一息ついてすぐだった。

「なんのために普請場まで行ったのか、無駄足になっちまったぜ」

「さあ、道がぬかるまねえうちに湯でも行くか」

と、大工と左官が帰って来て、声だけ木戸番小屋に入れ長屋の路地に走った。すぐに出て来たが、内藤新宿からでかなり濡れたのか半纏を着物に着替え、尻端折に裸足《はだし》で傘を差していた。雨はさっきよりいくらか強くなっている。

杢之助は呼びとめて三和土に下り、

「いま松つぁんと竹さんが行っているからよ。これを持ってってくんねえ」

「あいつら、傘も持たずに行ったかい。そそっかしいやつらだ。いいともよ」

「せっかく湯に浸かって、帰りにまた濡れたんじゃ可哀相だからなあ」

と、渡された傘を手に湯屋に向かった。

ようやく五ツ（およそ午前八時）の鐘が聞こえてきた。

下駄の音よりも雨が傘を打つ音が聞こえてきた。おミネだ。

「じゃあ杢さん。行ってきますね。この障子戸、閉めておきましょうか」

「おぉ、すまねえ」

腰高障子に音が立ち、傘の雨音が木戸のほうへ遠ざかった。

五ツの鐘が鳴り終わった。

「ふーっ」

杢之助はすり切れ畳の上で、大きく息をついた。晴れた日よりも、慌ただしい朝だった。

普段なら朝が終わり人の動きが昼へ向かって進みはじめる節目の時間帯だが、きょうは逆に一日の幕が下りたような思いになった。

こうした慌ただしさもまた、杢之助にとっては、

（儂はこの町とともにいるのだ）

との実感をもたらすものとなっている。

さきほどの大きな息は、安堵から出たものだった。

五

雨が降り出せば、湯屋は普段より繁盛する。

「おう、杢さん。傘、ありがとうよ。こんなに早く本降りになるとは思わなかったぜ」

「ほんと、助かったよ。また濡れずにすんだ」

と、松次郎と竹五郎が湯から裸足で帰って来たのは、大工と左官が傘を持って行ってから間もなくだった。

傘は一本だ。男同士の相合傘で帰って来た。

腰高障子を引き開け、顔だけ三和土に入れた二人に、

「早かったじゃないか。せっかくの朝風呂なのに、もっとゆっくりしてくればいいのに」

「最初はそう思ったさ。だけどみんなおんなじことを考《かんげ》えるとみえて、いきなり混んできやがってよ」

松次郎が言ったのへさらに杢之助は、

「それで早めに湯舟を出てきたかい。だったらここでゆっくりしていきなよ」

「そうさせてもらわあ。おっ、桶に水が入《へえ》ってらあ。ありがてえ」

松次郎は敷居をまたぐとすり切れ畳に腰を下ろし、足を桶に浸けた。

つづいた竹五郎が順番を待つように三和土に泥足で立ったまま、

「松つぁんは、話にまだつづきを残しているからねえ」

「話のつづき？」

竹五郎が言ったのへ、杢之助は問い返した。

「それよ」

足を洗い終わった松次郎がすり切れ畳に這《は》い上がり、

「左官野郎よ、そんなことは絶対にねえなんて、だから素人《しろうと》は困るなどとぬかしやがってよ。俺はたとえばって話したのによう。それで湯でのぼせねえように、つづきは木戸番小屋でやろうってことになってよ。もうすぐ左官の野郎、大工《でえく》と一緒にここへ来らあ。野郎め、言い負かしてやるぜ」

「どういうことだね」

どうやらあとで左官屋も大工もここに来るようだ。

「ほれほれ、松つぁんはいつもそうだ。話を端折り過ぎて前後までさかさになるんだから」

「てやんでぇ。左官野郎が悪いのでぇ」

「ほれ、それだけじゃますます李さんに分からなくなるじゃないか」

と、竹五郎も足を洗い終え、すり切れ畳に胡坐を組んだ。

松次郎の角顔と竹五郎の丸顔が李之助の前にならび、

「だったらおめぇが話せ。俺にばっかり話させねぇでよ」

「あゝ、話すよ」

威勢のいい松次郎がふてくされたように言ったのを、おっとりとした竹五郎が応じ、

「話ってほどのものじゃないんだがね」

と、話しはじめ、

「盗賊の話さ」

「えっ」

瞬時、李之助の鼓動が激しく打った。昨夜、夢見の話から清次と以前をふり返ったばかりなのだ。

二人とも、李之助の一瞬の変化には気がつかなかったようだ。

「押し入るならよ、雨の日と晴れの日とどっちがいいってことになって、左官屋が雨の日は屋根が濡れてすべりやすいから晴れの日のほうがいいと言うと松つぁんが、壁が濡れるとただの泥になるからそこを引っかいて穴をあけりゃ簡単に入れるだろうと言ったもんだから、左官屋が〝そんな壁あるかい。だから素人は困るんだ〟などと言ったのさ」

「そこよ。いきなり〝素人〟はねえだろが」

松次郎がまた息巻いた。

聞けばなんとも他愛のない話だ。

だが杢之助にとっては、長屋の住人がそろって〝盗賊〟の話など、それも〝入るなら〟などと話すのは、気になることだった。

しかも左官屋と大工がこのあとここへ来て、松次郎たちと湯舟での盗賊談義を再開するらしい。

「あはは、おもしろそうじゃねえか。あの二人、湯屋に長居はしねえのかい」

「できるもんかい。芋《いも》洗いみてえによ、順番に外へおっぽり出されらあ」

「ますます混みそうな感じだったからなあ」

話しているところへ、

「まるでカラスの行水だったぜ」

「あれじゃゆっくりできねえ。李さん、じゃまさせてもらうぜ」

と、左官屋と大工が三和土に入って来た。道はすでにぬかるんでいる。桶の水がすぐ泥水になった。

二人がすり切れ畳にそろうのを待っていたように松次郎が、

「やい、さっきはよくも素人呼ばわりしやがったなあ」

「あゝ、したとも」

さっそく始まった。

松次郎はそれなりに反撃の言葉を考えていたようだ。

「おめえ左官の玄人《くろうと》なら、たとえばだ、ある部分だけ雨が派手に降りゃあとけて崩れやすくなるような、そんな細工仕事はできねえのかい。壁も塀ももとは水と泥じゃねえか。簡単にできるはずだぜ」

「そりゃあできるさ」

「ほれみろい」

「だが、松よ。そんな左官屋の沽券《こけん》に関わるような仕事を、まともな左官屋がするかい」

「だから、たとえばの話って言ってるだろが。あとで入ろうと、人ひとりがもぐり込めそうな穴をよ」

「なに言ってやがる。左官屋はなあ、泥の水加減と混ぜ物の具合が命よ。ただベタベタ塗っているだけじゃねえ。わざと手抜きなんざするかい。それにてめえが塗った家へあとで泥棒に入ろうなんざ、そんな悪《わる》は左官屋にゃいねえぜ」

「おめえも分からねえ野郎だなあ。だからさっきからたとえばってえ幾度も言ってるだろがよ」

李之助は黙って聞いているが、話はとめどなくつづきそうだ。

そこへ、

「松つぁんのたとえばの話、たとえばだが、できねえ仕事じゃねえぜ」

「ほっ、どんなふうにだい」

大工が言ったのへ、松次郎は救われた表情で返した。

李之助も、黙したまま興味を持った。

「こいつぁ大工《でえく》よりも指物師の仕事だがよ。家を建てるとき、裏の勝手口の板戸に、閉めれば自然に小桟《こざる》が落ちるのはどこでもやってらあ。中に人がいねえと、外からは開けられねえってやつさ」

これには、毎日得意先の勝手口に出入りしている竹五郎が応じた。

「見たことあるよ。別に珍しいものじゃねえ」

「そう、そこよ。外からでも開けられるように木を組むのは簡単さ。そこにどこか押すか引くかすりゃあ、竹べら一枚入《へえ》るすき間ができるように細工をしておく。それで内側の小桟を竹べらではずす。もっともこいつは注文でやることで、俺だって頼まれればできねえ仕事じゃねえ。独り者か留守にしがちな家にゃ重宝なもので、自分だけ知っていりゃあ、留守番はいらなくなるからよ」

「おっ、そりゃあいい。壁に穴あけるより現実味があらあ」

「なに言ってやがる。あとで黙って入ってやろうなど、そんなふざけた気でそんな細工をする大工や指物師なんざ、江戸中さがしたっていねえぜ」

松次郎が言ったのへ、大工は反駁《はんばく》する口調になった。

「そりゃあ分かってらあ。話はみんなたとえばのことよ。それを左官の野郎が」

「まあまあ、壁に穴も勝手口に細工も、話としてはおもしれえじゃねえか。それよりもこの雨よ……」

と、松次郎が返したのへ杢之助が入り、話題は雨に移った。雨のことでなくても出職の四人であってみれば、風がどうの武家地での侍の横暴がどうのと、あちこちで見聞きした話題や体験は多い。互いに話を出し合いながら感覚は午時分《ひる》になり、雨は小降りになっていた。それでもまだ降り続きそうなことは、雨雲の厚さからも推測できる。

櫺子窓から外を見た大工が、

「そろそろ帰《けえ》るとするか。杢さん、じゃましたなあ」

「そうだなあ。ここに上がるのは久しぶりだった。また寄らせてもらうぜ」

言ったのへ左官屋もつづけ、

「あゝ、また上がってくんねえ」

杢之助が返し、二人は腰を上げた。

帰りも裸足だったが傘は開かず、

「嬶《かか》アのつくった弁当を嬶アと喰うなんざ。走るぜ」

「おう。俺んとこもだ」

と、軽い雨音に混じった泥水を踏む足音が、長屋のほうに遠ざかった。

すり切れ畳はいつもの顔ぶれになった。

「俺たちも弁当だが、おかずだけおミネさんに何かみつくろってもらうか。杢さんの分も頼んでおこうか」

「そのあいだに李さん、湯に行ってきなよ。いまなら小降りだし」

松次郎が言ったのへ竹五郎がつづけ、

「そうさせてもらおうか」

と、杢之助は腰を上げ、下駄をつっかけ傘を手に敷居をまたごうとしたが、空からの雨よりも下のぬかるみのほうが気になる。裸足になった。

湯屋では大きな盥が二つも置いてあり、どちらもそれほど泥水にはなっていない。常に水を汲み替えているのだ。

「李さん。いいところへ来たよ。いまちょうど混みあいが終わったばかりだ」

番台のあるじが愛想よく迎える。

なるほど芋を洗うがごとくではないが、普段のこの時間よりは混んでいた。それでも柘榴口《ざくろぐち》の中は互いの顔が見えないほど暗く、湯舟の隅で誰とも話をせず、じっとしているとけっこう長湯ができる。

暗い湯舟にしきりと聞き覚えのある声が飛び交っている。これこそ人間《じんかん》か、その雰囲気に杢之助はホッとしたものを覚え、逆にハッとするものもあった。さきほどの大工の言葉とやりとりだ。

「――外からでも開けられるように木を組む」

「――見たことあるよ」

「――そりゃあ……現実味があらあ」

大工の話に竹五郎が応じ、松次郎もそこにつないだ。

なるほどそのとおりだ。その手法など、盗賊時代は考えもつかなかった。大工が言ったとおり、そんなふざけた気で細工をする大工や指物師など、

「――江戸中さがしたっていねえ」

ことが、杢之助にも清次にも、かしらをはじめあのときの仲間たちの、共通の概念としてあったからだろう。だが、

(大工や指物師が盗賊になるのではなく、盗賊が大工か指物師になったなら……できねえ仕事じゃねえ)

脳裡をよぎると同時に、

「いかん!」

声に出し、バシャリと顔に湯をあてた。飛沫《しぶき》が両脇に飛んだ。

「おっ、誰かと思ったら木戸の杢さんじゃねえか」

「いま、いかんと聞こえたが、なにか困ったことでも?」

両脇から声がかかった。

「いや、この雨じゃ、うちの長屋のみんな、仕事に出られねえからよう」

「そういえば、番小屋の奥の長屋は、鋳掛屋に羅宇屋に左官、大工だ」

「そりゃあ、仕事にあぶれちまわあ。でもよ、いい骨休みと思えばいいさ」

かくいう両脇とも、古着と小間物の行商で出商いだ。ちょうどいい骨休みと、この雨をとらえているのだろう。

あとは黙し、裸の湯舟に響く住人たちの話し声と湯音のなかに、

(儂も、この町の一人)

それ以外の雑念をぬぐい去ろうとした。

しかし、意識をそう働かせれば働かせるほど、きのうの夢見が鮮明に浮かんでくる。

(まずい！　左門町に役人を入れてはならねえ！)

生きている限り、この思いはつづくだろう。

(因果よなあ)

——バシャリ
また顔に湯を強くあてた。

湯屋を出たのは、かなりの時間を過ごしてからだった。

雨はまだ降り熄まず、火照《ほて》った体に足の裏から伝わる冷たさが心地よい。

木戸番小屋に戻り、足の泥をふり落とし三和土に入ると、足洗いの桶の水が新しくなっている。

「おっ、入れ替えてくれたかい」

「あゝ、竹がよう」

と、すり切れ畳にごろりと横になっていた松次郎が起き上り、

「めし喰ってから、てめえの部屋で羅宇竹の彫《ほり》をするからって、さっき帰《けえ》ったついでによ」

「ほう」

聞きながら杢之助は新しい水に足を入れた。

竹五郎は売り物の羅宇竹に独自の彫を入れている。素人ながらけっこう器用で、極細《ごくぼそ》の鑿《のみ》で簡単な笹の絵柄を彫り込むのだ。竹の筒に簡単な竹笹の紋様である。これが商家や武家のご隠居などに、素朴で味わいがあると評判がよく、安く仕入れた羅宇竹に自分で付加価値をつけるのだから、同業のなかでも竹五郎の稼ぎはけっこういいものとなっている。

もちろん松次郎の鋳掛の腕も、継ぎ目が分からないほど器用に打ち込み、同業

の追従を許さないほどのもので、評判はあちこちに知れわたり、数日雨が降っても喰うには困らない稼ぎはある。

「すまねえ。腹がいっぺえになったらつい眠くなってよ。帰るのも面倒だし、ちょいとここで寝かせてもらうぜ」

「あゝ、ゆっくりしていきねえ」

部屋の隅におミネが用意したか、杢之助の分が盆の上に残っていた。

雨は小降りのまましばらくつづき、夕刻近くには晴れ間から太陽の光が射し、日の入りも見ることができた。

この日の夜の火の用心も、まだ裸足だった。

（この分じゃ大工や左官仕事はできても、松つぁんや竹さんはもう一日足止めかなあ）

思いながら、

——チョーン
拍子木を打った。

町角や広場で火を熾しふいごを踏む鋳掛屋は、地面が乾燥していなくては店開きができない。得意先の裏庭に入る羅宇屋は、泥足では入りにくい。

六

きのうと異なり、朝から太陽は出ていたが、往還のぬかるみはまだ消えていない。大八車は車輪が喰い込み、荷馬は泥をはね上げている。松次郎も竹五郎も午後にならないと、仕事に出られないようだ。

おミネが着物の裾《すそ》をたくし上げ、下駄の足元に気をくばりながら木戸番小屋に声を入れ、仕事に出たあと、

「おう、杢さん。きょうもちょいと湯に行ってくらあ」

「きのうと違って、ゆっくりできそうだし」

と、また朝湯と洒落《しゃれ》込み、しばらく経てからだった。隅の荒物に目をやり、ぬかるんだなかにわざわざ買い物に来る者もいないだろうが、

(陽は出ているから、ともかくならべてみるか)

思い、手を伸ばしたときだった。

「おう、バンモク。いるかい」

と、だみ声とともに障子戸のすき間をふさいだのは源造《げんぞう》だった。四ツ谷一帯か

ら市ケ谷あたりまでと、けっこう広い範囲を縄張にする岡っ引だ。バンモクというのは、源造が杢之助を他の木戸番人と区別した独特の呼び名だ。

「おっ。きょうも水桶、用意してあるな」

と、すり切れ畳に腰を投げ下ろし、ザブリと足を水桶に入れた。雪駄《せった》はふところに入れ、裸足で来ていた。湯に行った松次郎と竹五郎も裸足だった。外はまだ下駄や雪駄よりも、裸足のほうが歩きやすいのだ。

足を洗ってから源造は雪駄をふところから出して三和土に投げるように置き、それを履《は》いた足を片方の膝に乗せ、上体を杢之助のほうへねじった。源造のいつもの仕草だ。杢之助をにらむように見つめ、太い眉毛を上下させた。

杢之助の背筋に、嫌な予感が走った。源造が見まわりに左門町まで来るのは、普段なら昼めし時か夕めし時分だ。ついでにといったようすでおもての居酒屋に顔を出せば、清次は放っておかない。タダ飯にタダ酒だ。といっても、源造は決して悪い男ではない。むしろ善人で腕こきの岡っ引である。もっとも杢之助あっての手柄も少なくないのだが。このような時分に、しかも足元の悪いなかを、塒のある四ツ谷御門前の御簞笥町《おたんすちょう》から来た。単なる見まわりではないだろう。

源造が用件を話すよりさきに杢之助は、

「どうしたい、源造さん。こんな時分に足場の悪いなかを。きのうは一日このあたりも人の動きはなく、なにも起こっちゃいねえぜ」

「なに言ってやがる。悪戯《わるさ》をするやつたあ、常人の動いていねえときに動くもんよ。夜にうごめく盗賊みてえになあ」

源造に切り返され、杢之助は戸惑った。白雲一味が動くのも、いつもおぼろ月の夜だったのだ。

「おめえ、そんな小春日和《こはるびより》みてえなことを言っているようじゃ、やはりなにも聞いちゃいねえな」

源造は、身をすり切れ畳の杢之助のほうへねじったまま、窺《うかが》うように眉毛をひくひくと動かしている。

やはり何かあった。おとといの夢は、正夢だったのか。それにしては近辺で女の殺しはむろん、押込みなどのあった話も入っていない。きのうは雨で道もぬかるみ、だからうわさもながれて来なかったのだろうか。

「なにをでえ」

「殺しよ。それも女だ。そこへ男の死体まで舞い込んで来やがったい」

「なんだって！」

杢之助は胡坐居《あぐらい》のまま思わず腰を浮かすところを、こらえて上体だけ前にかたむけた。

「ほっ、さすがバンモクだ。関心があるようだなあ」

「いや。ただ、この近辺じゃなにも聞いていねえからよ」

杢之助にはハッとするような源造の言葉だ。だがなんとか切り抜け、

「で、殺しって穏やかじゃねえが。それに男の死体が舞い込んだ？　どういうことでえ」

「あはは。これじゃ分からねえだろうから、じっくり話してやらあ」

と、源造は足を組みかえ、ふたたび上体を杢之助のほうへかたむけた。

「きのう午過《ひるす》ぎよ、まだ雨の降っていた時分だ」

「あゝ、降っていたなあ」

「市ケ谷八幡の裏手の入りくんだところでよ、あの濠端《ほりばた》の転《ころ》び茶屋の女どもがいつも客としけ込んでやがる水茶屋よ。客の男が女を刺し殺し逃げやがった。凶器は傷口から匕首《あいくち》じゃねえ。俺は鑿のようなものとみた」

おとといの夢に似ていなくもない。

「ほう。刺した野郎は、大工か指物師かい。惨《むご》いことをしやがる」

「そう睨んでいるのだが、水茶屋の女中が言うには、その野郎、三十がらみで半《はん》纏《てん》を着ていやがったそうだ。前にも一度来たことがあるらしいが、名も素性も知らねえ。ま、客の身許を詮索しねえのが、あいつらの商売だからなあ」

「殺されたほうは、やはり濠端の転び女かい。可哀相に」

杢之助は〝やはり〟とつけて問いを入れた。

外濠に沿った往還でも市ケ谷御門のあたりは、不意に広場のように道幅が広がって市ケ谷八幡宮の門前町の趣《おもむき》を呈している。濠側に沿って葦簀《よしず》張りに縁台だけの簡素な茶店がならび、太陽が出てまもなくの時分から日の入りのころまで、赤いたすきに色模様の目立つ前掛をした茶汲み女たちが、道行く者へ競い合うように呼び込みの声を投げかけている。

もう片方には京菓子屋、蕎麦《そば》屋、筆屋や扇子《せんす》屋などの常店《じょうみせ》が暖簾をはためかせている。それらの枝道を入ればいわゆる門前町の裏手となって、居酒屋に煮売酒屋に一膳飯屋などにまじり、もぐりの賭場《とば》もあればちょいと休憩かお泊りの客を上げる水茶屋が散らばっている。

清次の居酒屋が出している縁台では一杯三文で何度でもお代わりができるが、市ケ谷の茶店では若い女が派手な前掛をして愛想がいいというだけで、一杯十文も二十文も取る。

それを高いというのは野暮で、お茶一杯に一朱、二朱の祝儀を包む客もいる。そうした客には茶汲み女が、

『あらあら、こんなにしてもらって』

などと、茶を載せた盆を縁台に置くとき、前掛の腰を客の肩にすり寄せて喜ばせたりする。一朱は二百五十文だから、けっこうな祝儀である。

それだけではない。かなり限られた茶店になるが、客と茶汲み女の動きをよく見ていると、武士や町人を問わず、

『どうだね』

と、女にそっと一分金を二枚か三枚にぎらせる、ちょいと身なりのいい者がいる。一分は四朱であり、二分、三分となれば棒手振の十数日分の稼ぎになり、並の祝儀でないことは誰にでも分かる。おそらく呼吸が合えば、

『あらあら、まあ』

などと女は笑みを返し、客はさりげなく縁台を立って常店のあいだの枝道に入って行く。女はすこし間をおき店を出る。行く先は裏手の水茶屋である。それを界隈の茶店では〝転ぶ〟といった。どの茶店の女が転ぶのかは、足繁《あししげ》く通った

客にしか分からない。

もちろん吉原以外で、金で女が転ぶのはご法度《はっと》だ。それが源造の縄張内《しまうち》で、しかも太陽の下に転んでいる。源造が知らないはずはない。

「――そうした転び女にもなあ、相応の事情があらあよ」

以前、源造は杢之助に言ったことがある。

見て見ぬふりをしているのだ。それは茶店のほうでも知っている。そうすることによって、逆に源造は女たちに少しでも割前《わりまえ》が多くわたるようにはからい、理不尽な客がいたりすればそのときに取り締まり、女たちを守ってやってもいるのだ。もちろんそこには、源造の裏の実入りもある。

市ケ谷の水茶屋で女が殺され、逃げたのは職人風だった。客が職人であっても不思議はない。一分でも一朱でも、その気になる気風《きっぷ》のいい女がいてもおかしくない。だから杢之助は〝転び女かい〟と訊《き》いたのだ。

ところが、

「若いがなあ、あの界隈じゃ見ねえ面《つら》だった」

源造は言った。

雨では葦簀張りの茶店は閉まっており、近辺に聞き込みを入れてから、

「死体を八幡町の自身番に運び、茶店のおやじたちを呼んで女の面を見せたが」

「知っている者はいなかった」

「おっ、よく分かるじゃねえか」

「あんたの顔を見ていると、結果は分かるさ」

源造の眉毛が動いていないのだ。

「で、どうなったい。それに、男の死体が舞い込んだってのは？」

「それよ」

と、源造は太い眉毛を上下させた。近辺の転び女ではなければ、探索はかなり困難が予想される。だが、なにやら動きはあったようだ。

源造の眉毛が動きはじめた。

「ともかく女の死体は八幡町の自身番に暫時《ざんじ》預からせ、本格的な身許調べはきょう茶店が動きはじめてからと思ったのよ。ところがけさ早く、お天道さんが出てすぐだった。となりの赤坂の同業が駈け込んで来やがったのよ」

「伊市郎《いいちろう》さんかい」

四ツ谷御門の南手に赤坂御門があり、その一帯に広がる町場を縄張にする岡っ引で、杢之助も面識がある。痩せ型で細い目が狐を連想させ、声も甲高《かんだか》く、源造が最も嫌いそうな風貌の男だ。

「そうよ。伊市郎の野郎がぬかすには、けさ早く赤坂御門の橋の杭《くい》に死体が引っかかっていたらしいのよ。風体が町人だからと御門の門番に死体を押し付けられたらしい。死体が町人風体なら仕方ねえやな。体はそれほど傷《いた》んじゃいねえらしく、濠の流れからすりゃあ、きのうの雨で四ツ谷か市ケ谷あたりから流れて来たと思えるから面通ししてくれというわけさ。きのうの女の死体もあることだし、走っていったわさ」

「ほう、それで」

左門町に関係なさそうだが、李之助は成り行きに興味を持った。

「赤坂の自身番で、死体を見て驚いたぜ」

「ほっ。四ツ谷か市ケ谷の住人かい。四ツ谷でもこの界隈じゃねえぜ。昨夜から行方知れずって話は聞いちゃいねえからよ」

と、李之助は一応の防御の幕を張った。

「分からねえ。知らねえ面だった。俺だって縄張内の住人の面を全部知っているわけじゃねえ」

「もっともだ」

「問題は、そいつが三十路前《みそじめえ》の若え野郎で、職人の形《なり》をしてやがったのよ。それに、心ノ臓に刺し傷があった」

「なんだって！」

「ずっと水に浸かっていやがったから、凶器は推定できねえ。そこへ伊市郎の野郎め、ぬかしやがるのよ」

「なんて」

「このホトケ、雨で上流から流れて来たに違《ちげ》えねえから引き取れってさ。大八車と人足まで、すでに用意してやがるのよ」

それを聞いて杢之助は、死体の話に不謹慎だが、いささか吹き出した。

町に行き倒れなどがあれば、その町の自身番が引き取る。自身番が町の費用で賄《まかな》われておれば、そうしたときの出費もすべて町の持ち出しとなる。役人が検死に来て不審な点はないか身許とともに調べる。それが幾日もかかり、腐臭を放ちはじめたら目も当てられない。結句は無縁仏として近くの寺へ運び込むのだが、その費用もまた町の費消《ひしょう》となるのだ。

町と町の境に倒れていたときなどは、双方の自身番が死体の押し付け合いをする。それが夜中や未明で人目がないときなど、さきに見つけたほうが死体をそっと相手側のほうへ押しやったりする。それを木戸番人が見過ごしたりすれば、あとで町役から叱責《しっせき》されることになる。だから杢之助も木戸の開け閉めのとき、街道に不審な物体がないかつい目を配ってしまうのだ。

源造は言った。

「刺し傷ってのは穏やかじゃねえが、伊市郎の野郎よ、赤坂の自身番の町役たちに言われ、死体を俺に押しつけやがったのよ」

「源造さんのことだ、引き取りなすったろう」

「あゝ。伊市郎の野郎に、貸しをつくるかたちでなあ」

「そりゃあいい」

「こきやがれ。ともかくだ、男の死体を八幡町の自身番に運ばせ、水茶屋の女中を呼んで面通しさせたと思いねえ」

「思った。それで？」

「女を刺して逃げた男に違《ちげ》えねえ、と。だがよ、半纏に屋号の分かる印《しるし》がねえのよ。自前の洒落た半纏なんざ着込みやがっていてなあ」

事件はますます一筋縄ではいかなくなったことが、杢之助にも分かる。

男は出職の職人で雨で仕事にあぶれ、それで馴染みの女を呼んで水茶屋にしけ込んだ。ところがなにやらもめて男は女を刺し、その場から逃げて濠端で足をすべらせてドボン……。

(てめえが土左衛門になっちまいやがった)

と、男に刺し傷がなければそう解釈し、身許さえ調べれば一件落着と、そうなるだろう。ところが、男も刺されていた。女中の証言から、部屋で争う音は聞いたがそれも瞬時で、逃げる男のほうには刺されたようすはなく、廊下に血もしたたっていなかったという。

男は外に出てから何者かに刺され、濠に投げ込まれた。推測できるのは、赤坂の伊市郎が口実にしたとおり、犯行現場が源造の縄張内の四ツ谷か市ケ谷界隈で、かつ濠端近くということくらいだ。そのとき雨であれば、茶店も閉まり人通りもない。目撃者を找《さが》すのは、

(困難)

源造の胸に走っているのへ、杢之助は同感を寄せた。

「で、源造さん。儂にどうしろ、と?」

「それよ」

と、源造はまた言い、眉毛を小刻みに動かしながら、

「いま下っ引の義助《ぎすけ》と利吉《りきち》に、きのうから行く方知れずになっている若い女と三十がらみの職人はいねえか、市ケ谷界隈をあたらせているのよ。だが、水茶屋にしけ込むってんだから、逆に市ケ谷界隈の人間じゃねえかもしれねえ。かといってきのうの雨の中だ。そう遠くからわざわざ市ケ谷まで来たとは思えねえ」

「四ツ谷一帯に聞き込みを広げるかい」

「そうよ。この左門町にゃ、おめえがいねえと言うからにゃいねえだろう。それよりも松と竹よ、あいつらの手を借りてえ。つまり、行ったさきざきで聞き込みを入れてもらいてえ。この事件、痴情のもつれより、悪《わる》どもの仲間割れかもしれねえからなあ。だったらどちらか一方の身許さえ割れりゃあ、案外早くケリのつきそうな気がするのよ」

「ふむ」

杢之助はうなずいた。

松次郎は町々の角や広場でふいごを踏みながら、穴の開いた鍋釜を持って集まった女房連中や女中衆の話している町のうわさを耳にし、竹五郎は家々の裏庭に入り、縁側で旦那衆や隠居たちと話しながら煙管の脂取《やにと》りや雁首《がんくび》のすげ替えをする。話題は誰よりも豊富で、またその伝搬者にもなり、それがまた商いのコツにもなっているのだ。

「で、きょうはあいつらどこをながしていやがる」

「湯だ」

「けっ、いい身分だぜ。ま、この足元じゃ仕方あるめえ。あしたからでもいいや、あの二人に言っておいてくんねえ。俺はこれからまだあちこちの木戸番小屋と自身番に触れてまわらなきゃならねえ」

と、源造が雪駄をまたふところに入れ、裸足で腰を上げようとしたときだった。

木戸番小屋の外にびたびたと足音が立ち、

「おう、こんな足元でも客人かい」

と、腰高障子のすき間に人影が立つなり、

「けっ、源造さんかい。竹、帰《けえ》って湯上りの昼寝だ」

「そうだなあ」

松次郎と竹五郎が湯から帰って来たのだ。二人とも敷居の外に草鞋なしの足を置いたまま顔だけ三和土に入れ、言うとすぐ引っ込めようとした。

「おう、待ちねえ」

源造も裸足で立ち上がって声をかけたが、反発するように二人はびちゃりと足

を動かしたが、

「あ、松つぁん、竹さん。大事な話なんだ」

「えっ」

「杢さんが言うんなら」

と、杢之助が言ったのへ松次郎と竹五郎は足をとめ、腰高障子をさらに引き開けた。足を外に置いたままの二人に、杢之助はさきほどの殺し二件の概要を話すと、

「えぇえ！　色事のもつれかい。それにしても野郎のほうが外で殺されるたあ、どういうことでえ」

「女のヒモにしちゃあ手際がよすぎるし、みょうな事件だなあ」

「だからよう、おめえら」

興味を持った二人に源造が言いかけると、

「あいにくだが親分さん。俺たちゃあしたは麦ヤで、あさってからは内藤新宿でえ。市ケ谷とはますます離れらあ《めえ》」

「そう、内藤新宿で一月《ひとつき》ほど前に泥棒が商家に相次いで押し入ったって話なら、聞いて来てやってもいいが」

「そんな大木戸向こうのケチな話よりも、内側の殺しのほうだ」

「そうかい。ま、気をつけておかあ。さあ、竹」

「おう」

「待て待て。あゝ、行っちまいやがった」

早々に引き揚げる松次郎と竹五郎を源造は呼びとめたが、泥を踏む足音は長屋のほうへ遠ざかった。

「しょうがねえやつらだ。ま、バンモクよ、あの二人になんとか言っておいてくんねえ。俺はこれから、ほかもまわらなきゃならねえからよ」

「いいともよ」

と、源造はそのまま裸足で敷居をまたぎ、杢之助はその背に返し、

「ふーっ」

また大きく息をついた。

左門町からは離れているものの気になる。かつてのおのれに似た、悪党がそこにいるのだ。さきほど源造の言った〝悪どもの仲間割れかもしれねえ〟と、竹五郎の話した〝一月ほど前に、泥棒が商家に相次いで押し入った〟というのが、

（いけねえ。他所《よそ》さまのことだが）

杢之助の脳裡で結びついたのだ。

内藤新宿の件は、杢之助も松次郎たちから聞いて知っていた。だが殺傷はなかったというから取り立てて訊かず、松次郎たちも町角のうわさだけで、詳しくは聞いていないようだった。

（よし、宿《しゅく》の久左《ひさざ》だ）

杢之助の脳裡に走った。

心ノ臓が、ふたたび高鳴りはじめた。

隠れ仕事

一

「杢さんも物好きだねえ。いいともよ、ゆっくり行ってきねえ」

「店頭《たながしら》の久左親分なら、詳しく聞けるかもしれないよ」

と、松次郎が言ったのへ竹五郎がつないだ。

二人は木戸番小屋のすり切れ畳に上がり込んでいる。

源造が帰り、昼時分も過ぎてから、

「――すまねえ、ちょいと留守居をしてくれねえか」

と、杢之助が呼んだのだ。

内藤新宿に久左を訪ねるためだった。

旅籠《はたご》に飲み屋、賭場《とば》、花街の広がる町では、大店《おおだな》のあるじや地主などで構成される町役《ちょうやく》たちでは仕切れない事件や、即実力行使が必要となる争いごとが往々にして起こる。

そこを仕切っているのが店頭であり、町の各種の店《たな》から見ケ〆料《みかじめりょう》を取る代わりに、町の平穏のためには体を張る。妓楼や飲み屋などで酔客が暴れ、駆けつけた店頭配下の若い衆が命を落とすこともある。

昼間は人と物の集散地で、自身番や荷や人足のながれを差配する問丸《といまる》の町役たちが町を仕切っていても、陽が落ちれば店頭の差配するところとなるのは、宿《しゅく》場《ば》だけではなく府内の門前町にも見られることである。

内藤新宿は上町《かみまち》、仲町《なかまち》、下町《しもまち》の三つの町から成っている。久左は仲町の店頭で、そこが宿場の中心であれば羽振りもよく、ときには宿全体の揉め事を仕切ることもある。

源造も探索の範囲が内藤新宿に及ぶときは、杢之助や麦ヤ横丁の手習い処の師匠榊原真吾《さかきばらしんご》を通して久左につなぎをとり、手を借りることがある。だがこたびの殺しで、距離的に当然といえば当然だが、源造の念頭に大木戸向こうの内藤新宿はない。

太陽が出ているものの、

「おっと、まだ裸足《はだし》のほうがいいようだなあ」

と、一度つっかけた下駄を脱いでふところに入れ、敷居をまたいだ。足に受けるのは、やはり泥の感触だ。

「桶の水、あとで入れ替えておくよ」

「頼まあ」

竹五郎の声に杢之助は返し、木戸を出た。午《ひる》ごろに入れ替えた水を、さっき松次郎と竹五郎が泥水にしたばかりだ。

街道が広く感じられるのは、人通りが少ないうえに大八車や荷馬も出ていないせいだろう。ときおり人とすれ違えば、

「まだぬかるみますなあ」

「まったくで」

と、互いにはねを飛ばさないように、急いでいる者でも歩をゆるめ気をつかい合う。

こうした日のほうが、杢之助には気が休まる。ぬかるみに裸足で歩を踏めば、音がまわりとおなじになる。さきほども尻端折《しりはしょり》に頬かぶりで、

「おや、杢さん。こんな足元の日にどちらへ」

「ちょいと野暮用で、へえ」

と、左門町の顔見知りのおかみさんとすれ違った。

左門町の木戸から街道を西へ五、六丁（五、六百米）も進めば四ツ谷大木戸で、手前の広場は高札場《こうさつば》になっており、いつもなら蕎麦《そば》屋や甘酒売りの屋台が出ているのだが、きょうは出ていない。人通りはあっても足場が悪ければ、道端で喰ったりすったりする気にはならないようだ。

街道の両脇から石垣がせり出た、大木戸の石畳も泥をかぶっている。

そこを過ぎれば内藤新宿の街並みに入る。普段の内藤新宿の通りは、昼間は馬糞と汗のにおいのなかに人足たちのかけ声が飛び交っているが、きょうはそれがない。

久左の住処《すみか》はおもての通りから枝道へ入ったところにあり、常に玄関の腰高障子は開けてあり、まわりの商舗と違ってなんの看板も出さず、それがかえって威厳を示している。

敷居の外に泥足を置いたまま頰かぶりの手拭をとり、玄関に訪《おとな》いを入れた。

出てきた若い衆は杢之助を知らず、尻端折に前かがみの瘦せた爺さんを訝《いぶか》しげに見つめ、

「左門町の杢之助と申しやす。奥につないでくだせえまし」

「奥へだと?」

と、その口上にいっそう怪訝《けげん》な目つきになり、

「父《とっ》つぁん、ここをどこだと……」

居丈高《いたけだか》に言いかけたところへ、

「これは左門町の木戸番さん。こんな足元の日においでなさるとは」

「木戸番?」

「なにをぼーっとしてやがる。入《へえ》ってもらって早う足を洗って差し上げろ」

「へ、へえ」

廊下の奥から出て来たのは顔見知りの与市《よいち》で、若い衆の兄貴分のようだ。

(木戸の番太に?)

瞬時には理解できず、若い衆は狐に抓《つま》まれたような表情で土間に下りた。

内藤新宿で、大木戸をまたいだ事件が発生するのは珍しくない。だが、宿《しゅく》の者は府内にはいっさい手を出さない。それが逆に府内の者に内藤新宿へ手を出させない防御となっているのだ。

だから源造も、聞き込みなどで四ツ谷大木戸の高札場までは行っても、そこか

ら目の前の石畳を越えることはない。お上でも、江戸町奉行所の差配は大木戸までで、内藤新宿は道中奉行の管掌《かんしょう》地となっているのだ。

そこに杢之助や手習い処の榊原真吾がつなぎ役となり、久左も源造も大いに助かっている。

町の番太郎が……？　若い衆が首をかしげたのは無理もない。榊原真吾はともかく、そうしたつなぎ役はおもてに出ず、秘かに進められているのだ。

与市はそうしたなかで、使番《つかいばん》となって幾度か左門町の木戸番小屋に杢之助を訪ねている。久左は相当、与市に信を置いているようだ。

杢之助も久左や与市となら心置きなく話せ、下駄の音を気にすることもなかった。裏稼業の者は、敵対しない限り相手の以前を詮索することなく受け入れる習性がある。久左は左門町の木戸番人を、

（ただ者じゃあない）

と、みていたが、それがなにかは詮索せず、もちろん質《ただ》すこともなかった。大事なのは、現在《いま》なのだ。その意味において、常に秘かな緊張がともなう源造とのつき合いよりも、心休まるものが杢之助にはあった。

榊原真吾は、杢之助の勧めで麦ヤ横丁に手習い処を開いてから九年になるが、

それまで内藤新宿で数軒の旅籠の用心棒となり、当然土地《ところ》の店頭やその若い衆たちと面識があった。ただの用心棒ではなく、その素養の高さから店頭たちからも旦那とか師匠などと称《よ》ばれ、一段上の人物とみられていた。だからいまでも、

「――旦那！　来てくだせえっ」

と、店頭の若い衆が麦ヤ横丁に走り込むことがたびたびある。

まだ怪訝な表情の若い衆を尻目に、

「おやじは奥にいまさあ。さあ」

と、与市にいざなわれ、杢之助は尻端折のまま奥へ向かった。

きのうの雨にきょうのぬかるみとあっては、宿《しゅく》にも人の出入りは少なく、さしたる揉め事も事件もなかったとみえ、久左は奥の居間で箱火鉢《はこひばち》を前に煙草をくゆらせていた。

長月《ながつき》（九月）の秋とはいえ、まだ部屋に火鉢を出す季節ではない。だが、こうした稼業の者は、夏でも箱火鉢を前にしている。もちろん炭火など入っていない。賭場の貸元が客と話し込むとき、常に箱火鉢を小道具にしているように、不穏な相手に対する防御の盾としているのだ。

それに、灰皿にもなる。いまもそうだ。久左も竹五郎のお得意の一人で、使っ

ている煙管《きせる》は竹五郎を裏庭の縁側に呼び、その場で竹笹の彫《ほり》を入れさせたもので羅宇竹《らうだけ》の紋様を気に入っている。

二

杢之助が居間に入るなり、

「おぉう左門町の、珍しいじゃねえか。こんな足場の悪い日にいってえ……」

と、久左も与市が驚いたように、きょうの杢之助の来訪になにやら事件を感じ取ったようだ。

「不意に来てすまねえ。なあに、きのうきょうの切迫した話じゃねえ」

「ともかく座りなせえ」

と、杢之助は手で示されるまま、箱火鉢をはさむように腰を据え、与市も、

「なんでござんしょうかねえ」

と、かたわらに座を取った。

地味な単《ひとえ》の尻端折のままだが、久左や与市と席をおなじくすると、それなりに不気味な男のように見え、恰幅《かっぷく》のいい久左や遊び人の兄イといった雰囲気の与

市にくらべ決して見劣りはしない。むしろ長老格のように見える。実際いまは昔の話だが、奉行所を長年にわたって翻弄《ほんろう》させた、盗賊の副将格だった杢之助から見れば、町の店頭など可愛い存在でしかない。

「きょうわざわざ来たのは、ちょいとわけありでねえ」

「ほう」

と、杢之助が切り出したのへ、久左と与市は興味を示した。大木戸をまたぐ事件が発生したのかもしれない。内藤新宿でも、一月《ひとつき》ほど前に松次郎と竹五郎が話していた押込みの件がある。

二人とも、

（もしや）

と、思ったのかもしれない。

杢之助はつづけた。

「源造さんがきょう朝早くに左門町《うちち》に来なすってねえ、殺しが二件あった、と」

「源造さんが？」

と、久左たちが興味を示したのは、殺しよりも源造が左門町の木戸番小屋に来たという点だった。秘かに探索するのではなく、すでに町奉行所の掌握する事件となっている。源造は聞き込みや各自身番と木戸番小屋への伝達で、おそらく大木戸向こうの高札場まで来て、その先を杢之助に任せた……。そこまで久左たちは瞬時に解釈した。端《はな》からお上がらみの事件は、どの町でも店頭たちの最も嫌うところだ。しかも内藤新宿の店頭にとっては、支配違いの大木戸向こうの事件である。

杢之助は久左たちの表情からそれを察したか、

「詳しくはまだ分からねえ。現場は市ケ谷だ」

「宿《しゅく》とはずいぶん離れていやすが」

即座に与市が返した。

「まあ、聞いてくだせえ」

と、杢之助は源造から聞かされた事件の概要を話した。

「そりゃあ赤坂の伊市郎さんが言うとおり、二件ともご府内の市ケ谷で、こちらには関わりねえようでやすが」

与市が再度言ったのへ、久左もうなずきを入れた。

だが杢之助はつづけた。

「一見そのように見えやしょうが、源造さんの見立てでは二件は一連のもので、悪党どもの仲間割れかもしれねえ、と」

「それがなにか、内藤新宿に関わりでもありやすので？」

と、また与市だ。

「そこはまだ分からねえが、こちらで一月《ひとつき》ほど前《めえ》に盗っ人騒ぎがあったとか」

「ほう、さすがは杢之助さんだ。伏せていたつもりだが、耳に入れてやしたかい」

応じたのは久左で、

「ま、コソ泥よりもちょいと大きな、押込みの類《たぐい》だったが、一人も斬られたり刺されたりしていねえもんで。だが、俺の縄張内《しまうち》でやられたんじゃ捨てておけねえ。ところが音もなく入《へえ》って家人を起こし、刃物を突きつけて金を奪い、それで逃走《とんずら》こきやがって足取りもつかめねえ」

と、話しはじめた。

縄張内で喧嘩があればかならず店頭が鎮《しず》め、掏摸《すり》などは捕まえて二度とお盗《つと》めができないように叩きのめして放逐している。悪どもは役人に捕まるより、店頭の手に落ちるほうを恐れる。刃物をちらつかせての強盗など、奉行所なら重くても遠島で済むだろうが、店頭が相手では命を取られかねないのだ。

それだからこそ、縄張内で掏摸が跋扈《ばっこ》したり、まして盗みに入られるなど、店頭の沽券《こけん》に関わり、それの足取りもつかめないとなれば、「まあ、杢之助さんだから話すが、みっともねえもんで町の衆には口止めをして行方を追っているのだが、いまのところまったくお手上げといったところだ。それが市ケ谷の話となにか関わりでも？　あれば、けえってありがてえ。源造さんはどこまで調べていなさる」

「まだ聞き込みの段階で、いまのところ殺された女と土左衛門がどう関わっていたかも判らねえらしい。関わりは、あくまでも源造さんの推測だ」

　杢之助は語り、さらにつづけた。

「さっき久左さん、泥棒が〝音もなく〟とおっしゃったが、間違《まちげ》えありやせんかい」

「みょうなことを訊《き》くなあ。雨戸をこじ開けたり叩き割っていたなら、見まわりの若い者が気がつかあ。それがまったく知らぬ間に入《へえ》りやがって、一軒は家人が朝起きるまで気がつかず、もう一軒は起きたあるじ夫婦が喉元に刃物を突きつけられ、両手両足を縛られ口にはさるぐつわで、これも朝になって奉公人が気づいたって寸法よ。判っているのは、そのときの賊は二人で、ほかに一人か二人いたような気配がしたってことだけさ」

「なるほど、手慣れたやつらのようで」

と、李之助はうなずき、

「きのうの雨で、左門町《うち》の長屋の大工《でえく》たちが番小屋に来やして……」

と、あくまで聞いたこととして、大工か指物師なら勝手口の板戸に外から開けられるように細工するのはできないことじゃないとの話を披露し、

「そこは見やしたかい」

「おい、どうなんだ」

李之助に問われ、久左は与市に視線を向けた。

「いえ、そこまでは。さっそく」

腰を上げようとした与市に久左は、

「待て、おもしろそうな話だ。俺も行くぜ」

「儂《わし》も見てみてえ」

腰を上げ、李之助もそれにつづいた。

二軒とも仲町で、上町や下町の店頭に筋を通さなくてもすむのが、この場合はかえって便利だった。

すぐ近くなので三人は若い衆は連れず、裸足で出かけた。

最初に行った一軒は質屋で、商舗は小ぢんまりとした造作《ぞうさ》で、裏手に質草を保管する倉というよりは小屋がある。あるじは直接久左が来たことに恐縮し、自分も裸足でわざわざ外へまわって勝手口の板戸に案内した。

戸を閉めるだけで小栈《こざる》が落ちる仕掛けだった。開けるときには、中に誰かがいなければならない。質屋とあって用心深かい。

「どれ、どれ」

と、杢之助は幾度か開け閉めをして小栈の動きを見た。閉めればコトリと落ちる、単純な構造で、仕掛けというほどの仕事ではない。

「このあたりになにか」

「よしねえ」

小栈を強く引こうとした与市を杢之助はとめ、

「細工というものは、素人目《しろうとめ》には見分けがつかねえもんだ。念のためだ。久左さん、近くに指物師はいやせんかい」

「いるぜ。おう、与市」

「へい」

内藤新宿にも大工や桶屋、畳屋、左官屋、指物師と、さまざまな職人がいる。

久左に言われ、与市は泥をはねながら呼びに行った。

「ここが？　壊されてもおりません。どこから入ってどう出たのやら」

そのあいだにも質屋のあるじはくり返し、見ケ〆料だけ取って盗っ人を捕まえられない久左を、睨《にら》むように見つめた。

「だからこうして、あらためて調べようとしているのでさあ」

久左はその目に返した。

指物師は近くの料亭の仕事に出ていたが、

「――ほんのちょいと目を通してもらうだけだ」

と、しかも店頭の久左親分のご指名とあってか、泥をはねながら与市とともに走って来た。

見た。撫《な》で、押し、一、二度開け閉めし、

「こいつぁいい仕事をしていやすぜ、親分さん。それに旦那」

言うと指物師は外から板戸を閉め、コトリと音を立てた小桟に数回試行錯誤をくり返し、最後には〝音もなく〟開けて見せた。

「おぉ」

「まさか、こんな細工が！」

与市が感嘆の声を上げ、質屋のあるじは絶句した。

もう一軒は、小口で十日切りに一割の利子を取る金貸しで、俗にいう十一屋《といちや》だった。倉を持つほどの構えではなく、単なる戸建《こだて》の家だ。

「さっきとおんなじでさあ」

と、指物師は一回で開けて見せた。

軽く押せばかすかにすき間ができ、そこから薄いへらを刺し込み、枠組の木を二度ほど動かせば小桟を上げられる仕掛けになっていた。

「それにしても、よく考えたものですぜ」

と、しきりに感心する指物師を固く口止めして帰し、質屋のあるじと十一屋を久左の住処に呼んだ。むろん、杢之助も一緒だ。

どちらも三月《みつき》ほど前だったという。質屋も十一屋も裏の勝手口を見知らぬ酔っ払いに壊され、物音に驚いて飛び出し、その場で酔っ払いをつかまえたという。酔っ払いは人が変わったように平身低頭し、

「はい、その場でいくらかの弁済金を出し、あくる日には指物師を連れて来て板戸を修繕したのでございます。どちらも初めて見る顔でございました」

「あっ、うちもそうでしたよ。まったくおなじで」

質屋の言ったのへ十一屋がつづけ、

「あっ、あのときに細工を！」

二人は口をそろえた。

杢之助は言った。

「よろしいか。そやつらを捕まえるためです。このことはかまえて口外なされねえように。うわさになれば、そやつらは逃げてしまいやしょうから」

「そのとおりだ。旦那らもあっしがいいと言うまで、気づかぬふりをしていてくだせえ。もっとも、一度入《へえ》ったところへは二度と入らねえでやしょうが、また」

さっきの指物師を呼んで、細工を解くように言っておきやしょう」

久左が念を押すように言ったのへ、質屋も十一屋も、

「これまで、気がつかずにいたとは」

と、すでに入られたことよりも、勝手口が外から開けられるような不用心で過ごしていたほうへ身をぶるると震わせた。

部屋には久左と杢之助の二人が残った。与市は質屋と十一屋を玄関まで出て見

送り、その足でさきほどの指物師へきょう中の仕事を頼みに行った。

箱火鉢をはさみ、

「杢之助さん、さっきはおめえさんの言葉に俺も合わせやしたが、なにか捕まえる算段でも？」

「ありやす。榊原さまの手習い処のとなりが質屋なのは、久左さんも知っていやしょう」

「あゝ、榊原の旦那に手習い処を開いてはと空き家まで見つけ、世話したのはあんただったからねえ。あの家作《かさく》の家主《いえぬし》はたしか、となりの質屋の金兵衛《きんべえ》さんだったが。えっ、あそこの質屋の勝手口も酔っ払いが壊し、つぎの日に見知らぬ指物師が来て細工を？」

「そうなんで」

「なるほど。コソ泥が捕まるのは、入《へえ》る家を物色してちょろちょろしているときか、入ろうとして板戸をこじ開けるか塀を乗り越えようとしているときだ。そこを音なしでするりと入ったんじゃ、いかにとなりが榊原さまとて気がつきなさるめえ。それにさっきの質屋でも、足のつきやすい質草にはいっさい手をつけていねえ。大《てえ》した野郎どもだぜ」

「そのようで。さっきの質屋さんの話を聞きながら思いやしたよ。指物師が一味にいる盗賊ども、どうやら質屋や金貸しなど、大店ではなく小振りで屋内の人数も少ないところに狙いをつけているようで」

と、杢之助はさきほど質屋や十一屋の話を聞きながら、まえに榊原真吾から聞いた話を思い起こしていた。

それも三月ほど前の夏場のことだった。そのとき気がついて飛び出し、取り押さえたのは真吾だった。そのあとの経緯は、この内藤新宿の質屋と十一屋とまったくおなじだった。真吾が手習いの終わったあと、ときおりあるようにふらりと木戸番小屋に来て、世間話のように話していったのだ。

聞いたときは、

「――酔っ払い男、きっと榊原さまの迫力に圧倒されたのでございましょう」

「――いや。金兵衛さんも律儀な酔っ払いもいるものだと、感心しておったよ」

などと話し、杢之助も実際そう思った。このときには、杢之助も真吾も金兵衛も、酔っ払いをよそおった盗っ人に乗せられていたことになる。

「あの盗っ人の野郎ども！」

と、久左にも、奇妙な手口でまんまと縄張内を荒された悔しさがある。

話しているところへ、与市が戻ってきた。指物師のきょう中の手配はととのったようだ。

三

翌日は朝から陽が照り、午過《ひるす》ぎともなれば往還はさほど足がめり込まなくなっていた。それでもまだ裸足のほうが歩きやすい。大木戸の石畳を踏んだときにはホッとしたものを感じる。

杢之助は午をいくらかまわってから、与市と肩をならべ内藤新宿から府内に向かった。

行く先は麦ヤ横丁の手習い処だ。

仲町を出るとき、玄関まで見送った久左は言っていた。

「――源造さんにもよろしゅう言っておいてくんねえ。証人を出す段になりゃあ、合力《ごうりき》は惜しまねえ、と」

杢之助をとおし、久左と源造が手を組めば、大木戸をまたいだ探索にも町奉行所から道中奉行に申し入れをするなどといった煩雑《はんざつ》な手順は踏まなくてすむ。迅速さも機動力も増すというものである。その一環としていま、久左配下の与市が李之助と一緒に麦ヤ横丁の真吾を訪ねようとしているのだ。

街道は午前より人出はあったが、大八車はまだ出ていない。やはり車輪が地面にめり込むのだろう。

もう目の前が麦ヤ横丁で、なな め前に左門町の木戸が見える。

李之助も与市も足を泥にまみれさせ、

「榊原の旦那、いてくだされ ばいいんでやすがねえ」

「そのためにこの時刻を選んだんじゃねえか」

言っているところへ、市ケ谷八幡の打つ昼八ツ（およそ午後二時）の鐘が重なった。手習いが終わる合図でもあり、麦ヤ横丁の奥では手習い子たちの歓声が上がっていることだろう。

二人が麦ヤ横丁の通りへ入ると、通りの脇道から手習い帳を提げた男の子が数名、競うように声を上げながら走り出てきた。

「おう、おう」

李之助は目を細めた。かつては太一もあのなかにいたのだ。

「ほれほれ、気をつけねえよ」

つんのめりそうに走り込んで来た子供に声をかけた。

「おっとっとぉ」

「わっ、おじいちゃん。ごめん」

「ころぶんじゃねえぞ」

「うん」

飛び散った泥が尻端折の杢之助の足にかかった。

男の子はふり返り、杢之助もふり返った。

男の子たちが飛び出てきた脇道から、女の子たちが着物の裾《すそ》を脛《すね》までたくし上げ、手に手習い帳と下駄を提げて出てきた。

「おうおう。着物、汚さねえようにな」

「はい、おじいちゃん」

と、女の子たちのなかには、つい先月の誘拐騒動で気を揉《も》んだおコウとおヨウもいる。

「杢之助さん、盗賊の話をしていたときと、まるで表情が違っていやすねえ」

「ははは、儂はいつでもこの面《つら》さ」

与市が足元に気をつけながら言ったのへ、頰かぶりの杢之助は返した。地面はぬかるんでいても、こうした町の風景のなかにいるときが、李之助にとって最も心休まるひとときなのだ。

しかし与市をうながし、子供たちの出てきた脇道に入ったとき、李之助の表情はさきほど久左と向後の算段を協議していたときの真剣なものに戻っていた。

この脇道の奥に、質屋と真吾の手習い処がならんでいる。一帯は左門町と町内同然の土地であり、そこで奉行所の関与している殺しにつながる押込みが、発生するかもしれない。その公算はきわめて高い。

（身に降る火の粉は払わねばならぬ）

いま、李之助の脳裡を占めている。

脇道に歩を進めた。厚みのある木の板でつくった、大きな将棋の駒をかたどった看板が軒端《のきば》に吊るされている。質屋の看板だ。将棋の駒は王将と金将以外の六種は、対手陣営に入ると裏返して金《きん》になる。入ると金《かね》になるとの洒落《しゃれ》から生まれた看板で、諸人《もろびと》も駒形の看板すなわち質屋と承知している。

その向こうが手習い処だ。以前は商家に使われ、玄関と土間が広く、手習い子たちが一度に出入りするのに適している。

訪《おとな》いを入れると、真吾は手習い子たちを送り出し、ちょうど足洗いの盥《たらい》の水を替えたところで、玄関の板敷きで腰を伸ばしていた。

「これは内藤新宿の、たしか与市だったなあ」

「へえ。ごぶさたいたしておりやす」

「李之助どのが与市と一緒にお越しとは奇妙な。まずは上へ、そこの盥で足を」

真吾は李之助を〝どの〟付けで称《よ》んでいる。最初の出会いにその腰つきから、

（手練者《てだれ》！　公儀隠密か、それとも……）

看《み》て取ったのだ。

「――よして下せえ」

李之助はもう幾度言ったろうか。だが、最初の印象から来た呼び方は改まらなかった。しかも李之助は、これまで真吾の合力を得ての闇走りで、他人には見せられない必殺の足技を、幾度か披露している。真吾は瞠目《どうもく》したものだった。それに李之助の下駄に音の立たないのにも、唯一気づいた人物であり、李之助がなにごとにつけても、とくに奉行所の関わることには、おもてへ立つのを避けようとしていることにも気づいている。

真吾はそれらをすべて受けとめ、

「――人、それぞれですからなあ」

と、詮索しようとしないのである。そこは内藤新宿の久左と似ていた。

真吾に盥の水を手で示されたが、

「入れ替えたばかりなのに、申しわけありやせん。話はここで。実は……」

と、李之助は土間に裸足で立ったまま、きのうの源造の話をし、

「つづきはこちらの与市どんに聞いてくだせえ。儂はこれから源造さんを找《さが》しに行きやすので」

言うと片足をもう敷居の外に出していた。李之助は金兵衛の勝手口の戸を見なくても、細工のあることを確信している。

真吾は李之助の真剣な表情に、久左の配下と一緒に来たことも合わせ、市ケ谷で起きた殺しがなにやら広範囲な切羽詰まった事態につながりそうなことを察知した。

「あとは与市どん、よろしゅう」

と、ぬかるんだ往還に両足を戻した李之助に向けていた視線を、土間に立っている与市に向け、

「どういうことだね」

「へい。話しやす」

与市は真吾に話しはじめた。

四

手習い処を出た李之助は、ひとまず木戸番小屋に戻った。きょうも竹五郎は長屋に戻って羅宇竹に竹笹を彫っているという。

すり切れ畳にはまた松次郎が一人で寝ころがっていた。

李之助は敷居の外に足を置いたまま、

「すまねえ、松つぁん。あとしばらく留守居を頼まあ。大木戸向こうの親分さんから源造さんに野暮用を頼まれちまってなあ」

「大木戸向こうって、久左の親分かい。なんでえ、一月前《ひとつきめえ》のコソ泥が四ツ谷にも関わっているのかい」

「それが分からねえから、双方につなぎが必要ってことよ」

「まったく李さんは物好きだねえ。相手が源造じゃなけりゃ、俺がひとっ走り行ってくるところだがよ」

「あはは。ともかく頼まあ」

李之助は入ったばかりの木戸をまた街道に出た。

松次郎も竹五郎も、源造の人間を嫌っているのではない。

源造は松次郎と竹五郎の顔を見るたびに、

「――やいおめえら、俺の下っ引になれやい。いい思いさせてやるぜ」

と、迫るのだ。

ちょいと与太っていて源造にときおり小突《こづ》かれ、それで下っ引になった炭屋のせがれの義助や干物屋のせがれの利吉は、まだ使い走りの域を出ない。それにくらべ松次郎と竹五郎が下っ引になれば、町のうわさや人の動きをつかむのに、これほど大きな力となる存在はないだろう。源造にとって、是が非でも配下に欲しい二人である。

ところが松次郎も竹五郎も、

「――へん、江戸っ子がお上のご威光を笠に着るようなまねができるかい」

「――俺たちゃあお天道さまの下で、てめえの腕一本で喰ってんだい」

と、反発が半端《はんぱ》ではない。その心意気を李之助は好み、解している。

源造も、

「――なんなんでえ、あいつらぁ」

と、言いながらも腹を立てることはない。やはり、その気風《きっぷ》を気に入っているのだ。

源造の塒《ねぐら》がある御箪笥町に向かいながら、

（すまねえ）

杢之助は心中に詫びた。松次郎と竹五郎の聞いて来たことが、こたびの端緒《たんちょ》となっているのに、その後の経緯を話すことができない。久左も仲町の質屋と十一屋と指物師に、固く口止めしているのだ。

いまごろ麦ヤ横丁では、真吾と金兵衛が与市から話を聞き、三人で勝手口の板戸をいじり、外から開けられることに驚いていることだろう。金兵衛などは、

「あぁぁ、まだ入られておりませぬ。助かったあっ」

と、ぬかるみの地面に思わず尻餅をついてしまい、そのまま言った。

「すぐ近くの指物師を呼んで……」

「待ってくだせえ」

与市は止め、細工はこのままにして一切口外無用を告げた。

（賊をおびき寄せるため）

真吾は即座に解し、金兵衛にも因果を含めた。

金兵衛はすがるような目を真吾に向けた。

(ふふふ。杢之助どのの立てそうな策だ)

真吾は内心に解し、

「私がついておる。案ずることはありませぬ」

金兵衛の視線に応えた。

左門町では、ぬかるみの街道を急ぐ杢之助をちらと見た清次が、

「杢さんはいったいどうしたね」

と、これまた裸足で木戸番小屋の三和土《たたき》に顔を入れていた。

松次郎がそこにいる。

「なんなんでやしょうねえ。朝から大木戸向こうへ行ったかと思うと、こんどは久左親分と源造のつなぎだなどと、また出かけやしたが」

その返事に清次もまた、

(杢之助さん、また裏でなにやら走りなさろうとしておいでだな)

と、その支え役として秘かに解し、

「留守居、ご苦労さんだねえ。熱いのを一本、持って来ようかね」


「榊原さまあ」

「えっ、清次旦那。そいつはたまんねえ。竹の野郎も呼んで来まさあ」

と、松次郎はたちまち目を輝かせた。

李之助はまだぬかるみの干《あ》がらない街道に歩を速めた。賊の細工が分かった以上、防御の策を急がねばならない。賊どもはきょうかあすか、いつ動くか分からない。

「はい、ご免なすって」

と、はねを上げないように往来人を幾人も追い越した。

源造の塒は四ツ谷御門前の御簞笥町だが、そこで女房どのが櫛《くし》、簪《かんざし》、扇子《せんす》などを売る小ぢんまりとした小間物屋をやっている。水商売上がりで年増《としま》の色気があって愛想もよく、町内の女衆の評判もよく、商舗《みせ》はけっこう繁盛している。

どの町でも岡っ引といえば虎の威を借る狐で、多くは蛇蝎《だかつ》のごとく嫌われているが、源造はいかめしい割にはさほど恐れられたりはしていない。ちょこっとタダ酒を飲んだり袖の下を受けたりはするものの、そう阿漕《あこぎ》なことをしないところにもよるが、女房どのの功績によるところが多分にある。

李之助も清次に、

「——おめえに志乃さんは過ぎた女房だが、源造さんも女房どのにけっこう助けられているなあ」

と、言ったことがある。清次も李之助の代理で御箪笥町に行ったことがあり、

「——志乃はともかく、源造さんはまったくそのようで」

と、返したものだった。

李之助が足を敷居の外に置いたまま顔だけ暖簾《のれん》の中に入れると、

「あらら、左門町の李之助さん。こんな足元の日に、ともかくこれで」

と、帳場から下りてきて、足洗いの水桶を前に押し出した。新しい水が張ってある。

「ちょうどよござんした。さっきうちの人、外から帰って来たばかりで、いま奥でとぐろを巻いておりますから」

奥といっても帳場の廊下を入ればすぐそこが居間で、縁側越しに裏庭と面している。声が聞こえたか、

「おぉう、バンモクかい。どうしたい、上がれや」

「ちょいと話があってなあ。大木戸向こうのことだ」

李之助は応えながら泥足を洗い、

「ご面倒をかけやす」

　と、乾いた雑巾が用意されていたのに恐縮し、

「大木戸向こう？　久左かい。いま余計な問題を持ち込まれても困るぜ」

「余計なことじゃねえ。直接《もろ》に関係ありかもしれねえ。市ケ谷の女殺しと赤坂に上がった土左衛門によ」

「なんだって！」

　店場と居間とでかわしながら杢之助は足を拭き終え、

「ともかくだ、まずは聞きねえ」

　と、廊下から居間に入った。

「もろにとはどういうことでえ」

　源造は腰を据えたまま迎えた。自分もこの足元の日に外まわりは大変だった。杢之助もそうに違いない。源造の太い眉毛が先を急かすようにひくひくと動いている。

「どうだい。義助どんたちゃ、なにかつかんだかい」

　言いながら腰を胡坐居《あぐらい》に据えた。

「それよりも久左どんがどうしたい。こっちの殺しに関わりがあるような事件が

向こうにもあったってのかい」

源造は上体を前にかたむけた。義助と利吉はなにもつかんでいないようだ。

李之助は話した。勝手口の細工には、

「ほう、器用なことをしやがるなあ」

と、興味を示し、それが麦ヤ横丁の質屋にもしてあるという話には、

「なんだって！」

と、腰を浮かせた。

「源造さん、あんた言いなすったねえ。悪党どもの仲間割れかもしれねえって」

「あゝ、言った」

源造の眉毛が、つぎの李之助の言葉を待つように動いている。

「赤坂に上がった土左衛門さ、職人風だと言ってなすってたねえ」

「あっ」

源造は得心したように声を上げ、李之助はそのままつづけた。

「その死体、まだ八幡町の自身番かい」

「あゝ、あそこの町役たちに無理を言ってなあ。女の死体と一緒にまだ莚《むしろ》をかぶってらあ」

「面通しさせたらどうだろう。向こうの仲町の質屋と十一屋によ。金兵衛さんにも、だ。裏の板戸に手を加えるとき、指物師の面を見ているはずだぜ」

「金兵衛さんはともかく、あと二人は大木戸向こうの人間だぜ。できるかい」

「だからよう、久左どんが合力しようと言っているんだ。久左どんも縄張内にみょうな細工をされ、腹の虫が収まらねえってところなのさ」

「俺もだぜ。やい、バンモク。おめえって野郎は、もう。おい、出かけるぞ。誰か遣《つか》いをやって義助を呼び、利吉はそのままにしておけ」

言ったときにはもう腰を上げていた。

「あらあら、きょうは朝から、もう。杢之助さんもすいませんねえ、お構いもできなくって」

女房どのは恐縮するように言うとすぐおもてに出て、町内の若い者にちょいと小遣いを出し、走らせた。義助と利吉の実家である炭屋と干物屋は、御箪笥町の東どなりの麹町十一丁目で、いま二人は八幡町の自身番で死体の番をしている。

杢之助の策は、この一件を、

(源造さんに始末をつけさせる)

ところにある。そうすれば奉行所の同心が来ても、麦ヤ横丁の質屋を検分するだけで左門町に立ち寄ることはない。それに、麦ヤ横丁も通り一筋だけの町で自身番がない。左門町では東どなりの忍原横丁の自身番が兼ねているように、麦ヤ横丁の自身番も、東どなりの四ツ谷伝馬町三丁目が兼ねている。麦ヤ横丁で賊を捕えれば、最も近い左門町の木戸番小屋より四ツ谷伝馬町のほうに運ばれ、同心が捕方を連れて引き取りに来るのは四ツ谷伝馬町となり、ますます左門町からは離れてくれることになる。金兵衛は麦ヤ横丁の町役であり、四ツ谷伝馬町の自身番を支える一人でもあり、自然にそうなるはずだ。

（左門町を素通りしてもらいてえ）

杢之助の本心はそこにある。まさしく二日前に見た夢の、〝自分の身のことしか……〟の具現だった。

（いかん！　これじゃ）

思いながら、御箪笥町の小間物屋を源造と一緒に出た。

五

麦ヤ横丁の手習い処に、真吾と金兵衛のほかに杢之助と源造、義助、久左と与市、さらに仲町の質屋と十一屋がそろったのは、陽が西の空に大きくかたむき、まもなく日の入りを迎えようかといった時分だった。

あとを追いかけた義助が源造に言われて内藤新宿へ泥をはね上げ、久左が仲町の質屋と十一屋をともなって麦ヤ横丁の手習い処に来たのだ。与市はそのまま手習い処で、予定の全員がそろうのを待っていた。

さきほど源造は与市とともに金兵衛の質屋の裏手にまわり、

「なるほど。こんな仕事をしてやがったのか」

と、感心したように言えば、そのあとに来た仲町の質屋と十一屋も、

「間違いありません。うちの細工とおなじです」

口をそろえた。

これで職人風の土左衛門が細工をした指物師であれば、かなり犯人像が特定できる。場合によっては殺された女も含め、職人風を殺ったやつらの身許が割れるかもしれない。死体を二体も預かっている八幡町の町役たちは喜ぶだろう。腐乱するまで置かれたのではたまったものではない。

「それじゃ宿《しゅく》の人、申しわけありやせんが、市ケ谷までご足労願いまさあ」

「さあ旦那方、岡っ引の源造さんに合力し、万事よろしゅう願いやすぜ」

と、源造にいざなわれ市ケ谷に向かう仲町の質屋と十一屋を、杢之助と久左は手習い処の玄関まで出て見送った。ちょうど日の入りの暮れ六ツの鐘が聞こえてきた。

店頭にとって縄張内に住む商人や職人は、大事にしなければならない、いわゆる〝堅気《かたぎ》の衆〟なのだ。その堅気の衆も、商いや仕事の場の平穏を店頭に護られており、互いに息は合っている。

ほかに源造には与市がついた。久左の名代であり、殺された若い女や職人風の面を見知っているかもしれない。

杢之助と久左は首尾を待つべく手習い処に残り、義助も金兵衛の質屋に異変があった場合の、源造への連絡役としてとどまった。

昼間は子供たちの手習いの場が、いまは殺しと盗みが一つにつながっていそうな事件を解く本陣となっている。そこにお上は関与していない。しては困る。そのために杢之助はきょう一日、内藤新宿へ御箪笥町へと奔走したのだ。

「ほんとうに、勝手戸はあのままでいいんでしょうねえ。お願いしますよ、榊原さま」

手習い子たちの文机《ふづくえ》をはさみ、金兵衛はもう幾度言ったろうか。そのたびに杢之助が応えていた。

「なあに金兵衛さん。榊原さまがスワと飛び出せば、賊が十人いても問題ありませんよ。大船に乗った気でいなされ」

もちろん金兵衛は榊原真吾の腕を知っている。その点は安堵できる。久左も、

「となりに強《つえ》え用心棒がいなさるとは、こんないい立地はありやせんぜ」

と、いっそう金兵衛を安堵させるように言う。

だが金兵衛にすれば、自分の商舗が狙われているだけでも気味が悪い。

「桟《さん》を一、二本抜くかつけ加えるかすれば、仕掛けは効かなくなりますものを」

「金兵衛さん。やつらを捕えるには、こちらが気づいたことを覚《さと》られてはならんのですよ」

さらに言う金兵衛を、杢之助はなだめた。

さきほど話し合った策は、

――裏庭に入らせてから、全員捕える
であった。

暗いなかに確かな人数も分からないまま外で襲いかかったのでは、取り逃がす公算は大きい。だが、考えられる賊は三、四人である。庭に入れ板塀の内側で襲

えば、逃す心配は軽減される。

「どうでしょう、金兵衛さん。賊が今宵押し入るとすれば、きっと事前にようすを窺《うかが》いに来ますさあ。そのときとなりの手習い処に灯りがあり、多数の人の気配がしたのでは警戒しますさあ。ここはひとつ、灯りも消し人の気配を消しては」

杢之助が提案し、真吾も久左も同意したものだから金兵衛は、

「ほんとうに、ほんとうによろしくお願いしますよ」

念を押し、自宅に戻った。もちろん家人と奉公人ともども警戒は怠らないだろうが、いざというときの使い番に義助がついて行くことになった。

手習い処には真吾に杢之助と久左が残った。

屋内は徐々に暗くなり始めている。市ケ谷では、人相改めをするのに蠟燭《ろうそく》の火が必要となるだろう。

手習い処では、杢之助が三人になるのを待っていたように、

「あの板戸の仕事でやすが、盗賊が職人の修業を積んだのじゃなく、あれができる職人が盗賊に引き込まれたのでは……」

と、声を落とした。自分の推測を披露し、真吾と久左の考えを引き出したかったのだ。源造配下の義助や町役の金兵衛の前で、木戸番の爺さんを逸脱したよう

な姿を見せるわけにはいかない。見せれば、

（杢さんはいったい……）

と、それこそあらぬ推測を呼ぶことになり、それが源造にも伝わることになるだろう。真吾と久左の前では、そうした用心は不要だ。むしろ二人とも、

（杢之助どのらしい）

と、かえって自然に受けとめ、かつ他所に洩れることもない。

「うーむ。なんらかのきっかけがあって、腕のいい職人が盗賊仲間に引き込まれた……と」

真吾が言った。杢之助は同感だった。街道をひた走る飛脚だった杢之助が白雲一味に引き込まれたのは、そうしなければ殺されかねないきっかけがあったからなのだ。

「そのきっかけとは、いかようなものでやしょうねえ」

「女でやしょう」

杢之助が問いかけたのへ久左が応えた。

「女はおそらく盗賊どもの一味で、職人を色で仲間に引き入れた。やがて職人は恐ろしくなったか嫌気がさしたか、それとも女の正体を見抜いたかでぶすりと。

そこで盗賊どもに殺され土左衛門に……」

「なるほど」

「ありそうな話だな」

李之助につづき、真吾も肯是《こうぜ》のうなずきを入れ、言葉をつづけた。

「だとすれば、あとどのくらい細工仕事をした裏戸があるかだ」

三人は、赤坂に上がった土左衛門が、その職人だとの前提で推測を述べあっている。

「そこでございまさあ」

李之助がひと膝まえにすり出た。

いつの間にか、屋内は文机をはさんで対座している相手の輪郭さえ分からないほど暗くなっていた。

真吾が行灯《あんどん》に火を入れ、灯りが外へ洩れないように蔽《おお》いをかけた。互いに輪郭だけは見えるようになった。

李之助はつづけた。

「細工仕事は、もっとあちこちでやっておりやしょう。それが吝《けち》な野郎たちなら、細工をそのままに遁走《とんずら》などもったいねえと、急ぎ働きをするに違《ちげ》えありやせん」

「杢之助どのがきょう急いでこの態勢を固めたのは、そこに起因していたか。すなわち、きょうあすにも……」

「うーむ。なるほど」

真吾が言ったのへ、久左もうなずいた。

三人はあらためて神経をとなりの金兵衛宅にそそぎ、事態の動くのを待った。

左門町の木戸番小屋では、なかなか帰って来ない杢之助に松次郎が首をかしげていたが、清次が事態を察し、

「松つぁん。きっと杢さんは榊原の旦那に引きとめられているのだろう。あとはうちで木戸番をするから帰りなせえ」

と、うまくつくろっていた。

さいわいきょうのぬかるみで、夕刻近くになっても居酒屋に客は少なく、おミネが代わりに留守居に入った。これまでも昼間で松次郎と竹五郎が仕事に出ていて、杢之助がいずれかに出向かねばならなくなったときなど、清次と志乃がうまく算段しおミネが木戸番小屋に入っていた。そうしたときなど、

「——あらら、おミネさん。木戸番小屋のおかみさんになったのかと思ったよ」

などと町内のおかみさんから言われることがあった。言うほうは軽い冗談だが、おミネには秘かに嬉しさの込み上げるものであった。

足場の悪い夕刻に荒物を買いに来る者もおらず、日の入りの暮れ六ツの鐘も木戸番小屋で聞いた。しだいに暗くなるなかに油皿に火を入れ、一人留守居をしているなかに思われてくるのは、

（太一、仕事はちゃんとできているかしら。叱られていないかしら）

と、そのことだった。

太一が品川宿の海鮮割烹《かっぽう》の老舗《しにせ》浜屋へ奉公に出たのは、去年の如月《きさらぎ》（二月）の初午《はつうま》の日だったから、もう一年半が過ぎ、十三歳になっている。

浜屋が実家である女将《おかみ》が、きりもりをしている海鮮割烹の海幸屋《うみさちや》が市ケ谷八幡町にあり、そこは源造の縄張内であり、杢之助や真吾もよく知っている。太一を品川の浜屋にとの話が出たのも、市ケ谷の海幸屋からであり、近くにそうしたつながりがあるのは、おミネには大きな心の安らぎとなっている。

源造がときどき、

「――海幸屋をとおして、太一のようすを訊いてやろうか」

と、言っていたが、

「――かえってあの子に、里心をつけさせることになりますよう」

と、断っていた。

だがやはり、

(頼んでみようかしら)

などとも思えてくる。

左門町の通りにすでに人影はなく、街道にも地面の状態から、揺れる提灯の灯りはほとんどなくなっている。

(杢さん、いまごろ手習い処で飲んでいるのかしら。珍しいこともあるのねえ)

太一のことと同時に、おミネの脳裡にながれた。きょうのようにほとんど一日中、杢之助が木戸番小屋を留守にするのは珍しいことだった。

六

金兵衛の質屋では家人と奉公人一同が屋内で行灯に蔽いをかけ、裏の勝手口に神経をとがらせている。

手習い処でも灯りを外に洩らさず、人の起きている気配を消している。

「しっ」

低い話し声のなかに、真吾が叱声を入れた。杢之助も久左も、ほとんど同時に気づいた。玄関口の雨戸に、低くたたく音が聞こえたのだ。

「儂《わし》が……」

と、杢之助が手さぐりで玄関に出た。暗い屋内で、しかも音を立てない忍び足はお手のものだ。それを披露できるのも、一緒にいるのが真吾と久左だからである。二人はかすかに見えるその輪郭を目で追った。

（この御仁《おひと》は……）

と、真吾と久左はそれぞれ別のことを思ったかもしれない。

雨戸の向こうの気配は一人、二人ではない。

「どなたでやしょう」

「おう、バンモクかい。俺だ」

返ってきたのは、低く抑《おさ》えた源造のだみ声だった。

雨戸をそっと開けた。外から複数の提灯の灯りが射し込んできた。

検死の面々が帰って来たのだ。

「おう。図星だったぜ」

開口一番に源造は言った。

こうなれば、もう屋内の気配を消すどころではない。金兵衛の質屋でもとなりの動きに気づいたか、義助がそっとようすを見に来て源造たちの帰って来たのを見ると、急いで金兵衛を呼んだ。

手習い部屋の行灯は蔽いが取られ、

「で、いかように」

久左が問いの口火を切った。

部屋には杢之助、真吾、久左に与市、源造、金兵衛、それに仲町の質屋に十一屋の八人がそろっている。利吉は可哀相に、まだ死体の番に八幡町の自身番に残したという。

「俺が応えるよりも、さあ、宿《しゅく》の人」

源造にうながされ、

「はい、間違いありません。細工をした指物師はあやつでした！」

「うちもです。壊しておいて、あのような仕事をするとは！」

仲町の質屋と十一屋が待ちかねたように話し、

「酔っ払いをよそおって板戸を壊したやつの顔も、見れば分かります。旦那っ、斬ってくだせえ。あんな蛆虫《うじむし》どもは！」

よほど悔しいのだろう。十一屋が視線を真吾に向けた。

「与市。おめえ、なにか気がついたことはなかったかい」

さっきから堅気の衆に遠慮していたか、先に話させながらじりじりしたようすだった与市に久左が声をかけた。

「へい、見覚えありやす。女のほうでさあ」

与市は待っていたように口を開き、杢之助と真吾、久左が注視するなかに話しはじめた。

「素性は知れやせんが、色っぽい女だったので覚えておりやす。仲町にいる飯盛り女じゃありやせんが、おおかたそういったところでやしょう。はっきりは言えやせんが、仲町の飲み屋で男とくつろいで飲んでおりやしたから、上町か下町に住んでいるのでやしょう。女が宿《しゅく》の飲み屋で落ち着いて飲んでいるなんざ、土地の女《もの》にしかできやせんからねえ」

「ふむ」

飲んでいるようすから、土地の者かそうでないかはおよそ分かるものだ。一緒にいた男は、指物師ではないようだった。

「ふむ」

久左はうなずき、わずかに思案顔になり、

「源造さん、お役に立てたようで嬉しいですぜ」

言うと腰を上げながら、

「大木戸のこちら側のことには口出ししやせん。宿《しゅく》のほうは任せておいてくだせえ。新たに分かったことがありゃあ、左門町の木戸番さんに知らせやさあ」

杢之助がうなずくと、久左はあらためて源造に視線を向け、

「そちらも木戸番さんをとおし、よろしゅうお願《ねげ》えいたしやすぜ」

「おう、お互いになあ」

双方の領分は明確にと久左が念を押したのへ、源造はうなずいたのだ。

久左にうながされ、

「四ツ谷の親分さん。あいつら、きっと捕まえてくださいましよ」

と、内藤新宿の質屋と十一屋もまた念を押し、腰を上げた。

杢之助は玄関まで見送った。

「それじゃ杢之助さん、またつなぎを取りまさあ」

与市の言っているのが、部屋にも聞こえた。

内藤新宿の面々はふたたび足袋跣《たびはだし》になり、暗く静まり返ったなかに踏み出し、それぞれの提灯が往還に揺れた。木戸を閉めるにはまだ間のある時分だった。

李之助が手習い部屋に戻るのと入れ代わるように、

「向こうさんはもう終わりましたが、こちらはこれからですよ。榊原さま、源造親分、ほんとうに大丈夫なんでしょうねえ」

と、金兵衛もまた腰を上げた。自分の商舗の番をしたいのだ。

部屋には真吾と源造、李之助の三人となった。義助はつなぎ役として金兵衛についている。

「バンモク、おめえの勘も大《てえ》したもんだぜ。ほんとうに大木戸向こうがからんでやがった。おかげで探索の糸口がついたぜ」

「儂の勘なんかじゃねえよ。ただ大木戸向こうの盗っ人が気になって訊いてみたら、それがたまたまつながっていたってことさ。儂も驚いているのだ。それよりも源造さんらを待つあいだ、久左どんとも話していたのだが、榊原さま」

と、李之助は話を真吾にふった。

「ふむ」

真吾はうなずき、殺しが源造の推測どおり〝仲間割れ〟だとすれば、久左の言っていたように、賊は逃亡する前に仕掛けをした家に急ぎ働きをするのではないかとの予測を話した。

「なるほど、あっしもそう思いやすぜ。さしあたってはとなりの金兵衛さんところか。義助を今夜こっちに置いておきまさあ。もしも盗っ人野郎が来たときにゃ旦那、義助を俺んところへ走らせてくだせえ。急場はよろしく頼みやすぜ。バンモクも離れてはいるが、気をつけてやっていねえ。市ケ谷でまたなにが起こるか分からねえから」

と、源造は腰を上げた。

夜道に素足は危険であり、久左らとおなじように足袋跣になった。このような日、あの女房どのなら家に幾足もの足袋を用意していることだろう。

その提灯が手習い処から遠ざかると、金兵衛の質屋に気配があれば、

「義助どんは御箪笥町じゃなく、まず儂の木戸番小屋に走ってもらいやしょう」

杢之助が声を落としたのへ、

「いいでしょう。裏庭に入れてから俺が雨戸から飛び出し、勝手戸の裏には杢之助どのが駈けつけ……」

と、真吾も声をひそめた。内と外から挟み込み、一人洩らさず生け捕りにしよ

うというのだ。賊は二、三人か、多くても四人は超えないだろう。不意打ちでかつ地の利があり、杢之助と真吾なら可能である。

その場に義助が呼ばれ、段取りが話された。質屋に戻った義助は金兵衛に話した。すると金兵衛は、

「それはありがたいが、外が杢之助さんじゃ……」

「居酒屋の清次旦那にも話し、来てもらう算段をつけておくと杢之助さんが」

「ふん。それなら大丈夫かもしれない」

と、義助の話に金兵衛は納得した。実際に、杢之助はそう言ったのだ。

杢之助も足袋跣で提灯を手に手習い処の玄関を出た。義助も声をかけられ、途中まで一緒だった。

麦ヤ横丁のきょうの木戸番に用があったのだ。麦ヤ横丁には木戸番小屋がなく、街道から木戸を入ってすぐの長屋の住人が町から手当をもらい、交替で木戸の開け閉めをしている。今宵の閉め役に声をかけ、

「町役の金兵衛さんも承知のことだから」

と、詳しい理由《わけ》は話さず、木戸を閉めても閂《かんぬき》はかけないようにと頼んだのだ。

向かいの木戸番人が言い、町役の金兵衛が承知し源造配下の義助もいるとなれば、

長屋の者に異存はない。

義助は引き返し、杢之助は街道に出た。ちょうど木戸を閉める夜四ツ（およそ午後十時）の鐘が聞こえてきた。

沿道の家々の輪郭が黒くつらなり、往還に月明かりを反射している所はない。

（この分なら、あしたは松つぁんも竹さんも仕事に出られるな）

思い、きょう初めて大きく伸びをし、思い切り息を吸った。身に降る火の粉を払わなければならない仕事は、これからなのだ。

清次の居酒屋の雨戸は閉まり、中に人のいる気配もない。木戸番小屋の櫺子窓《れんじまど》からかすかに灯りが洩れているのが、街道からも看て取れる。

（清次だな）

思いながら左門町の通りに入って木戸を閉めて閂はそのままに、腰高障子の前に立った。

「お帰りなせえやし」

中からの低い声はやはり清次だった。杢之助は音もなく腰高障子を開け、足袋跣で外に立ったまま、

「すまねえ、拍子木を取ってくんねえ。ひとまわりしてくるから」

「へえ、待っていまさあ」

清次は腰を浮かせ、すり切れ畳から身を乗り出し拍子木を手渡した。

また外から腰高障子が音もなく閉められ、

――チョーン
乾いた音が聞こえてきた。木戸番人の一日で、最も大事な仕事である。

一巡し、向かいの木戸も閉まったのを確認し、木戸番小屋に戻った。

泥にまみれた足袋を脱ぎ、水桶で足を洗った。新しい水になっている。

「相当、動きがあったようでやすねえ」

「あゝ、あった」

背にかけた清次の声に杢之助は返し、乾いた雑巾で足を拭きながら清次と差し向かいになり、きょう一日の動きを話した。

「そりゃあ、あり過ぎるほどの収穫でやしたねえ」

返した清次の言葉には、慰労の念が込められていた。

さらに、

「間違《まちげ》えねえでしょう、きょうかあす。ただ問題は、残っている仕掛けが金兵衛さんとこだけかどうかで」

「そこまでは分からねえ。ともかく義助どんが走り込んできたら」

「ようがす」

清次は応じた。三、四人の賊で人知れず始末をつけるのなら、杢之助と真吾で間に合う。そこに清次がつき添うのは、金兵衛と義助の手前であることを清次は解している。あくまでも杢之助は活劇とは無縁な、木戸番小屋の爺さんでなければならないのだ。

帰るとき、清次も麦ヤ横丁の木戸に気をくばったが、怪しい気配はない。

だが今宵は、杢之助も清次も、また真吾と義助も、夜着に手をとおすことなく、仮寝《かりね》の一夜を過ごすことになるだろう。

七

西の空が明るい。

深夜に義助が駈け込んで来ることはなかった。

「おう、木戸番さん。お早う」

「ほんと、ありがたいよ、左門町は」

李之助が木戸を開けるのと、朝の豆腐屋や納豆売りが来るのとがほとんど同時だった。足元を見ると棒手振《ぼてふり》たちは草鞋《わらじ》を履《は》いている。李之助も下駄をつっかけた。往還からぬかるみが消えている。いつもより清々《すがすが》しく感じるのは、地面にまだ湿り気が残り風が吹いても土ぼこりが立たないからだろう。

「きょうも稼いでいきねえ」

李之助の声に棒手振たちが左門町の木戸を入ると、長屋の路地にきょうは誰が火熾《ひおこ》し当番か七厘《しちりん》の煙が立ち、売り声に釣瓶《つるべ》の音が重なり朝の喧騒が始まる。

李之助は街道に出た。

向かいの麦ヤ横丁に目をやった。木戸はまだ閉まっている。閂はかかっていないはずだ。確かめに行ってみようかと思ったがひかえた。緊張があるときは、いっそうの自然体が必要で、いつもと異なる動きはひかえねばならない。

代わりに、大きく伸びをした。

すでに街道に人影が見えるのは、これから旅に出る人たちだろう。四ツ谷大木戸のほうからも、旅衣装の数人が府内に入って来た。昨夜内藤新宿に入り、江戸入りは朝にと一夜を過ごした人たちだろう。

「あら、李さん。お早うございます」

背後から声をかけたのは志乃だった。暖簾を手にしている。これからお茶の縁台も出すのだろう。

「やあ、お早うさん。清次旦那はどうだい。まだ搔巻《かいまき》の中かい」

場合によっては飛び出さねばならなかったのだから、話は清次から聞いているはずだ。そのことについては、往来でなにも話さない。

「いえ。もう起きていつものとおり、お茶の用意をしています」

「ほう。精が出るねえ」

と、杢之助も長屋の朝の喧騒に加わった。

おミネも朝の井戸端では忙《せわ》しないせいか、きのうのことはなにも訊かなかった。

松次郎と交替したあと、夜更けてから清次と交替するまで木戸番小屋に入っていたのだ。

「さて」

と、杢之助は木戸番小屋に戻って一息つき、すり切れ畳に荒物をならべる用意にかかった。

いつもと変わりのない一日がまた始まったのだ。ただしそれは、表面のみである。

「李之助さん」

と、三和土に入ってきたのは義助だった。昨夜は緊張のあまり一睡もしなかったか、眠そうな顔をしている。盗賊の番など、これから御箪笥町に帰る挨拶《あいさつ》に来たのだ。

「なにごともありませなんだが、今夜も？」

「おそらくな。源造親分に言って、きょう昼間のうちに休ませてもらっておきねえ。それとも利吉どんと代わるかい」

「さあ、親分に訊いてみまさあ」

と、義助は三和土に立ったまま話し、きびすを返した。

そのあとすぐだった。

「おう、李さん。行ってくらあ」

「きょうは麦ヤの奥をちょいとながしてから内藤新宿さ」

「おうおう、きょうは二日分、気張ってきねえ」

李之助は声を返すと同時に、ホッとするものを感じた。昨夜金兵衛の質屋が無事だったことはもとより、義助と松次郎たちが麦ヤ横丁の通りで出会わなかったことだ。

出会えば松次郎も竹五郎も意外さに足をとめ、理由《わけ》を義助に訊くだろう。二人が、麦ヤ横丁がいま異常事態にあることを知ればどうなる。話は麦ヤ横丁一帯にながれ、今宵も予定している待ち伏せに齟齬《そご》を来たすことになるだろう。待ち伏せを成功させるには、町が日常のとおりでなければならないのだ。

「杢さん」

と、つぎに声を入れたのはおミネだ。これから縁台のお茶の番を志乃と交替する。おミネは立ちどまり、やはり白い顔を三和土に入れた。

「きのうはなんだったのです？　朝から夜遅くまでずっと出っぱなしで」

「あゝ、ちょいと源造さんの手伝いでなあ」

「えっ、源造さんの？　朝から晩まで？　ちょいとじゃないですよ。危ないことは避けて下さいねえ。手習い処のお師匠だっていなさるのだから」

「あゝ、儂は単に宿《しゅく》とのつなぎ役だけさ」

「ならばいいんだけど」

おミネは心配そうな表情のまま、洗い髪を束ねた背を杢之助に見せた。

(すまねえ)

隠し事のあるのを、杢之助は心中でおミネに詫びた。

地面のせいか、軽やかな下駄の音が聞こえない。心中に詫びたばかりの杢之助は、

（ふむ。この分だと、きょうは出歩きやすい）

思えた。常人の足元にも下駄の音が響かなければ、杢之助は心置きなく自然体で歩を踏むことができる。

そのあとだった。

利吉が息せき切って街道から左門町の木戸に走り込み、木戸番小屋の三和土に飛び込んだ。

「おっ。利吉どん、どうしたい。義助どんの代わりならまだ早いぜ」

「そ、そんなことじゃありやせん」

利吉は三和土に立ったまま、柄杓《ひしゃく》のまま出された水を一気に飲むと、

「親分がすぐ杢之助さんにつなぎをとり、段取りをつけてもらえって。それであっしも一緒に、と」

「どういうことだい」

杢之助はすり切れ畳に腰を戻し、みずからの気を落ち着けた。

この時分に利吉が走り込むなど、なにかがあった。市ケ谷か、四ツ谷か……。

「赤坂で、器用な泥棒が入ったらしいのでさあ。今朝早くに赤坂の伊市郎親分が御簞笥町に急ぎ来なすって。それで源造親分がバンモクに内藤新宿へつなぎを取らせ、大木戸向こうの指物師を呼べ、と。そう言えば分かるから、と」

「ほう、儂に宿《しゅく》へつなぎを取らせ、向こうの指物師を呼べ、か」

「へ、へえ。親分がそのように」

利吉はバカ正直に源造の言葉をそのまま伝えたようだが、かえって杢之助にはそのほうが分かりやすかった。

つまり、指物師の細工仕事は、内藤新宿と麦ヤ横丁だけではなかった。

「音も立てずにだろう。押し入られたのは質屋で、斬られたり刺されたりしたのはいなかった……そういうことかい」

「あれ、杢之助さん、よくご存じで」

「ふむ」

杢之助はうなずきを見せた。

昨夜、杢之助たちが待っていた盗賊は赤坂に出た。朝になって自身番に届けがあり、岡っ引の伊市郎が呼ばれて駈けつけ、勝手口の細工に気づいた。質屋に質《ただ》すと、裏戸を酔っ払いに壊され職人が来て修理したのは一月《ひとつき》ほど前だった。おととい、赤坂御門の橋脚に引っかかっていたのは職人風の男だ。それこそ引っかかる。押し入られた質屋に、その者と面識はないか。

（……あの土左衛門、こっちの自身番においときゃあよかった）

伊市郎は思ったに違いない。

それで伊市郎は御箪笥町に走り、

「——おとといは死体を押しつけたりしてすまなかった。いまどこにある。ちょいと面通しさせてえ人がいるんだが、いいかい」

と、鄭重に源造へ話したに違いない。

当然、源造は理由を訊き、

（——なに！　ふむ、なるほど）

と、内心うなずいたはずだ。

そこで利吉を左門町に走らせ、さきほどの口上となった……。

そのとき、源造と伊市郎のあいだで、どのようなやりとりがあったかも想像がつく。隣接する同業者は張り合うもので、とくにいまの源造には、伊市郎に死体を押しつけられた苦々しさが強く残っているはずだ。

赤坂の質屋を市ケ谷八幡町の自身番に連れて行って死体を見せれば、内藤新宿の質屋と十一屋が面通しをしたのとおなじ結果が出るはずだ。そこに源造は、内藤新宿の指物師を呼ぼうとしている。

「よし、分かった。ついて来ねえ」

杢之助は白足袋で下駄をつっかけ、手拭で頬かぶりをした。これで地味な着物を尻端折にすれば、誰が見ても木戸番人だ。久左には、昨夜は収穫なしとの報告もしておかねばならない。

木戸を出ると、清次の居酒屋に立ち寄った。また留守居の要請である。清次は利吉が左門町に走り込むのを見て、その内容が気になっているところだった。

「すぐ帰《けえ》って来やすから」

杢之助は目配せをしてすぐ暖簾を出た。

おミネが心配そうに街道に出て、

「きのうから、そんな大きな事件なんですかあ？」

と、下っ引の利吉と大木戸のほうへ向かう杢之助の背を見送った。

戻って来たのはすぐだった。指物師には与市が付き添っていた。久左が付けたのだ。府内での新たな事態がどう動くか、見きわめておきたいのだ。

指物師にすれば面倒なことだろう。迷惑がるのを、

「――ほんのちょっと、おなじ細工かどうか見るだけでいいんだ」

「――手間を取らせた穴埋めはするからよう」

と、杢之助と久左が頼み込んだのだ。

市ケ谷で殺された女の身許については、

「――なにぶん仲町じゃねえもので、手間取っておりやす」

与市は語った。まだ身許は割れていないようだ。だが、仲町の飲み屋で見かけた女であることは間違いないと、与市はあらためて言っていた。

左門町の木戸の前まで来ると、

「それじゃ与市どん、あとはよろしゅう。それに利吉どん、源造親分にあとで来てくれねえかと言っておいてくんねえ」

と、杢之助は一行を見送った。

指物師はなおも仏頂面だった。ということは、そこには八百長も作為もないということであり、その証言は、確実に信用できることを意味している。

街道には往来人や大八車、荷馬などが、雨とぬかるみのあとのせいか、普段よ

りも多く出ている。そこに李之助はフッと息をつき、左門町の木戸に入った。

開け放した腰高障子の中に、清次が荒物を押しのけすり切れ畳に腰を下ろしていた。まだ昼めしの仕込みに入るには間がある時間帯だ。木戸番小屋でおもての清次旦那が油を売っていてもおかしくはない。

「待ったかい」

と、李之助はすり切れ畳に上がり、

「いえ。思ったより早うござんしたねえ」

「久左どんに言って、向こうの指物師にまたご足労を頼むだけだったからなあ」

と、腰を胡坐居に据え、利吉が朝から木戸番小屋に駆け込んできた理由を話した。聞き終えると清次は、

「そりゃあ源造さんには、死体の意趣返《いしゅがえ》しをするいい機会になりやしたねえ」

「そのとおりだ。源造さんめ、理由をこじつけて伊市郎に死体の人相改めをさせず、代わりに内藤新宿の指物師を引き連れて赤坂へ乗り込む。つまり伊市郎の縄張を引っかきまわす算段だろう。赤坂の質屋に押し入ったのも、内藤新宿のとおなじ連中のはずだ」

「ということは、今宵あたりには金兵衛さんの質屋に……」

「久左どんもそう推測しなすった。あとで榊原さまにも話すが、きっとおなじ判断をなさるはずだ」

「今宵も着替えず、仮寝となりやすね」

言いながら清次は腰を上げた。

源造の動きは、杢之助と清次の予測どおりだった。

「――なに、土左衛門の面通しをさせろだと!? できねえ相談だ。けさ早くに町の者が代々木《よよぎ》の焼場《やきば》に運んだところだ。いまから追いかけても間に合うまいよ。それよりもだ」

と、源造は似たような盗っ人が内藤新宿でも仕事をした話をし、

「――おめえと違って俺はあちこちに顔が利くからなあ。それ確認した大木戸向こうの指物師を、すぐそっちに連れて行ってやらあ。おなじ手の仕事なら、格好の手掛かりになろうよ。その板戸の細工に手をつけず待っていろい」

「――うむ。よかろう」

言われれば伊市郎は、悔しさを顔面にしながらも承知せざるを得ない。そこで源造は利吉を八幡町から呼び寄せ、左門町に走らせた。源造にすれば伊市郎の縄

張内で、事件解決の手掛かりを自分で得ようとしていることになる。もちろん土左衛門は女の死体とともに、まだ八幡町の自身番にある。

結果は、源造の思惑どおりになっていた。内藤新宿の指物師は、

「間違《まちげ》えありやせん。内藤新宿《う　ち》の仲町でやってやがった細工と、まったくおんなじ手でございまさあ」

爼《しか》と証言した。その細工は、麦ヤ横丁のものともおなじなのだ。

八

源造が左門町に来たのは、地面の湿りをほとんど吸い上げた太陽が、西の空にかなりかたむいた時分だった。昼めし時分でも夕めし時分でもない。そこにもこたびの事件に対する源造の意気込みが感じられる。

木戸番小屋のすり切れ畳にどんと腰を据え、太い眉毛をひくひくさせながら源造は言った。

「今宵だぜ、やつらが麦ヤ横丁の質屋に押し込むのは」

杢之助は大きくうなずきを返した。

源造はさらに、

「八丁堀の旦那にも許可をもらってなあ。あした朝早くにホトケ二体を代々木の焼場に運ぶことになったぜ。八幡町の町役どもに、やいのやいのと言われてよ。骨だけになりゃあ、無縁仏で寺に収めるのも場所はとらねえし、焼賃を払ってもそのほうが安く上がらあ。ま、それはともかく、これからちょいと金兵衛さんを見舞って、今宵も義助を張りつけることを話し、榊原の旦那にもよしなに頼んでおかあ。おめえも目と鼻の先だ、心しておけやい」

言うと腰を上げた。

麦ヤ横丁では、金兵衛がすがるようにありがたがり、真吾も、

『心得た』

言うはずである。

源造が来るすこし前まで、真吾は杢之助の木戸番小屋に来ていたのだ。油を売るふりをして、清次も顔をみせていた。

「――やつら。江戸をずらかるのに急いでいよう。今宵、かならず」

と、三人は話し合っていたのだ。

源造が木戸番小屋を出て向かいの麦ヤ横丁の通りに入ると、杢之助も下駄を

つっかけ、清次の居酒屋の暖簾を頭で分けた。また留守居の依頼である。飲食の店は夕の仕込みに入る前で、いずれも暇な時間帯である。

あした午前に市ケ谷の自身番から死体を焼場へ運ぶのについて、源造から久左にと、あることをちょいと頼まれたのだ。

焼場は代々木の狼谷《おおかみだに》というところにあり、甲州街道から内藤新宿を抜け、そこから枝道を入った山間《やまあい》にある。棺桶は、内藤新宿の久左の縄張内を大八車は通ることになる。


杢之助が久左に会って用をすませ帰って来たのは、陽がかなり西の空にかたむいた時分だった。飲食の店では夕の仕込みに入っているころである。

腰高障子が半開きになっている。

留守居はおミネだった。

障子戸のすき間を埋めるなり、

「杢さん！」

留守居のおミネが待ちかねたようにすり切れ畳から三和土に跳び下り、下駄をつっかけるのももどかしく杢之助の手を取り、

「太一が、太一が帰って来ます！」

嬉しさをあらわす小娘のように、握った手を左右にふった。

瞬時、李之助の脳裡に疑念がかすかに走った。

奉公といっても近場の品川だが、

（初登《はつのぼ》りにしては早すぎる）

思えたのだ。

初登りとは、十二、三歳で小僧、丁稚《でっち》として商家へ奉公に出た子供が十年近くつとめて一人前となり、やっと許される初の里帰りなのだ。あるじから路銀に小遣いも出れば旅装束から郷里の親、親戚への土産まで持たされる。奉公人はこの日を楽しみに働いているといってもよい。

太一は品川の浜屋へ奉公に出てから、まだ一年半しか経ていない。初登りなど早すぎる。

（なにか不始末をして暇を出されたか）

脳裡に打ち消すのと同時に、

「さっき市ケ谷八幡町の海幸屋さんから小僧さんが来て、品川の太一が数日、兄弟子のお人と海幸屋さんに入るって。なんでも海幸屋さんの板さんが体調をくずし、しばらく調理場に入れなくなったので、海幸屋さんと浜屋さんで人のやりくりをして、それで太一が兄弟子さんと一緒に海幸屋さんの調理場に。海幸屋さんの女将《おかみ》さんが、それをわたしに知らせてやれ、と」

「ほう、ほうほう」

いつになく早口で言うおミネの言葉に疑念は消えた。太一の浜屋への奉公は海幸屋をとおしてのものとはいえ、それをわざわざおミネへ知らせに小僧を走らせるとは、女将の温情というほかない。それをおミネは感じ取ったか、目にうっすらと涙をにじませていた。

「で、いつだ」

「あさって、あさってなのです」

「ほう、ほうほう」

李之助はおミネの手を握り返した。

地面がかなり乾いている。店に戻るおミネの下駄の音が軽やかに響いた。

日の入りが近づいている。

「おう、李さん、帰《けえ》ったぜ」

「足場が乾いてよかった。内藤新宿まで行ってきたよ」

と、松次郎と竹五郎が帰ってきた。

仕事は予定どおり進んだようだ。

杢之助は訊いた。

「麦ヤや宿《しゅく》で、なにか変った話はなかったかい」

「なにもねえなあ。きのう泥道に足を取られ、下駄の鼻緒を切っちまって難渋したって女中さんがいたがなあ」

「煙草が湿って、火つきが悪いって言ってたご隠居もいたよ」

などといった程度だった。

「あしたもまた内藤新宿だ。さあ、残り湯にならねえうちに」

「あゝ。俺も新しい煙管を見せろって宿《しゅく》の旅籠に言われてよ」

と、二人は湯に急いだ。

「おう、流して来ねえ」

杢之助は湯屋に行く二人の背を見送り、ホッと安堵の息をついた。

麦ヤ横丁の質屋にも細工が……うわさがながれていたなら、左門町から来た松次郎や竹五郎の耳に入らないはずはない。さすがは久左だ。住人への口止めは守られている。もし、盗賊の一味が内藤新宿に住んでいてそのうわさを耳にしたなら、それだけでやつらは金兵衛の質屋を断念し、逃走することだろう。せっかくの待ち伏せがふいになる。

だが、難題が持ち上がった。

太一だ。

陰で盗賊退治に奔走している姿など、断じて見せられない。なんとしても、穏やかな左門町の〝木戸番さん〟として迎えねばならない。帰って来るのは、あさってなのだ。

袋のねずみ

一

あたりはしだいに暗くなってきた。

左門町の通りに人影は消え、街道にも大八車や荷馬の音はなくなり、提灯の灯りもまばらになった。おもて向きはきょうも、平穏に終わろうとしている。

さきほど義助が来て、

「それじゃ、また宿直《とのい》に行ってきまさあ」

と、声を入れたばかりだ。

真吾もすでに刀を脇に、気配へ神経を集中していることだろう。

杢之助はいま、一人すり切れ畳に胡坐《あぐら》を組んでいる。

「丁稚髷《でっちまげ》も、板についているだろうなあ」

自然とつぶやきが出る。長屋から真吾の手習い処に通っていたころは、わらわ頭だったのだ。それを思えば、

（盗っ人さんよ、来るならきょう来てもらわにゃ困るぜ）

願いたくもなってくる。

今夜中にけりをつければ、麦ヤ横丁への役人の出入りはあしたで、太一が帰って来るあさっては盗賊騒ぎなど話だけになり、杢之助はいつもと変わりのない木戸番小屋の〝杢のおじちゃん〟でいられるのだ。

下駄の音が聞こえた。五ツ（およそ午後八時）ごろで、清次の居酒屋が暖簾《のれん》を下げる時分だ。まだ乾いた地面に快活な音とはいかないが、それなりに軽やかに聞こえる。おミネだ。

いつもなら腰高障子をすこし開け、

「――杢さん、お休み」

と、声だけを入れ、長屋の路地のほうへ下駄の音は消えるのだが、

「ねえ、杢さん。どうしょうかしら」

と、障子戸に音を立てるなりおミネは言い、三和土《たたき》に両足を入れた。

「どうしようって、まあ、座りねえ」

「え、えぇ」

その声を期待していたようにおミネは提灯の火を吹き消し、すり切れ畳に腰を下ろして上体を杢之助のほうへねじった。

「あさってのことかい」

「えゝ。市ケ谷の海幸屋さんならさほど遠くはないし、幾日になるか分からないけれど、ここから通いということにできないでしょうかねえ」

「おっと、それはよしねえ。帰って来るといっても、初登《はつのぼ》りじゃないよ。仕事で海幸屋に入るだけじゃねえか」

「でも……、せっかく海幸屋さんが知らせてくれたことだし」

「そりゃあありがたいことだ。しかしなあ、だからといって、そんなことを海幸屋さんに頼んでみろい。かえって一坊が困らあ」

「でもぉ」

「また、でもかい。なあ、おミネさん。一坊は数日、仕事場が品川から市ケ谷に変わるだけだ。考えてみろい、初登りにゃ十年かかるんだぜ。ほかの奉公人に悪いと思わねえかい。かりに一坊がそれを望んだとしても、追い返すのがおめえさんの仕事じゃねえのかい」

「ま、まあ、そうだけどぉ……」

「海幸屋さんがわざわざ知らせてくれたということは、一坊が浜屋さんで足手まといにならず、一所懸命働いて役に立っているからじゃねえのかい。それが分かっただけでもありがたいと思いねえ」

「え、えぇ」

「さあ。あさってを楽しみに、きょうはもう帰《けえ》って早く寝ねえ」

杢之助は手でも追い出すような仕草をし、

「提灯、貸しねえ」

と、その手を伸ばして提灯を受け取り、油皿から火を取っておミネに柄のほうを差し出した。おミネは仕方なく受け取り、上体をもとに戻し腰を上げた。

「それじゃ杢さん、お休み」

恨めしげに言い、腰高障子にまた音を立てた。

ふたたび一人となったすり切れ畳の上で、杢之助はそっとつぶやいた。

「儂《わし》も、丁稚髷にたすき掛けの一坊を、早く見てえよう。だから今宵のうちに」

思いが現実に戻った。

腰高障子にふたたび気配が立ち、音もなく開いた。清次だ。

「おミネさんが、話し込んでいたようでやすねえ。昼間はもう、飛び上がらんばかりの喜びようでやしたよ」

「そりゃあ儂だって……。それよりも、さあ、上がれ」

「へえ」

と、すり切れ畳に上がった清次は、チロリの代わりにすりこ木を手にしていた。

「ともかく、今宵だ。どんな面《つら》か知らねえが、来てもらわなきゃなあ」

「あさって、一坊を心置きなく迎えるためにでやしょう」

と、清次も李之助の心境を解していた。

「今夜はここであっしも籠城させてもらいやすぜ」

「ほう。そのほうが素早く動ける。すりこ木はその小道具かい」

と、酒がないのはそのためで、このあと二人のかわす言葉も少なかった。

夜四ツ（およそ午後十時）すこし前に、志乃が夜食を持ってきた。

腹ごしらえすると、木戸番人のお勤めがある。

暗く静まり返ったなかに拍子木の音が響いた。

街道に出た。

（どっちから来やがる）

東西に目を凝らした。暗い空洞に、気配はない。

李之助の提灯に気づいたか、

「お向かいの杢さんかい。きょうは昼間、町役《ちょうやく》の金兵衛旦那が来なすって、直接言われたよ。閂《かんぬき》のことさ」

「そうかい。左門町《うちまち》もだ」

杢之助は数歩、麦ヤ横丁の木戸に近づいた。入ってすぐの長屋の、顔なじみの棒手振《ぼてふり》だった。

「源造親分も承知だとか。いったい、なんなんだろうなあ」

「さあな。だがそっちには榊原さまがいなさらあ。金兵衛さんに、なにか算段がありなさるのだろうよ。まあ、あとはゆっくり休みねえ」

言うと杢之助は左門町の木戸に戻った。麦ヤ横丁の木戸が閉まる音が聞こえ、そこに閂の音はなかった。

杢之助も閉めた。もちろん、閂は外したままだ。盗っ人を呼び込むためではない。義助が駈け抜け、素早く杢之助につなぎを取るためだ。

市ケ谷八幡の打つ、夜四ツの鐘が聞こえてきた。

左門町の木戸番小屋から明かりが消えた。普段とおなじ状態にしておく。これこそ、盗っ人を呼び込むためである。火を吹き消したのではない。油皿のまわりに蔽《おお》いをつくり、灯りが洩れないようにしたのだ。飛び出すとき、木戸番小屋の提灯に火を入れねばならない。

おなじ夜四ツの鐘を、金兵衛も聞いていた。部屋には榊原真吾と義助がいた。

「ほんとうに、ほんとうにお願いしますよ。寝ないでくださいよ」

金兵衛がしつこいほど念を押すのへ真吾は、

「寝ても仮眠です。いかな些細な音にも起きて刀を取るのが武士というもの。さあ、今宵はもう灯りを消して、くれぐれも日常あるがごとく、警戒していることを微塵《みじん》も外に覚《さと》られぬように」

「そ、それは、もちろん」

金兵衛は口調からも、やはり緊張がぬぐえない。無理もない。盗賊が押し入る細工《しるし》があり、それをつぶして灯りを点け、警備を固めるのではない。逆に引き込もうというのだ。金兵衛にすれば、真吾や源造がついているとはいえ、

（わが家が盗賊を捕まえる舞台にされている）

ことになる。

「——世のためですぞ、金兵衛さん。なあに、来ればやつら幾人いようと、すべて袋のねずみです。そう、季節はずれだが、飛んで火に入る夏の虫といったところです。ご案じなさるな」

真吾は、きのうから金兵衛に話していた。

さらに真吾は言ったものである。

「——そうした輩《やから》を許せますか。その気持ちは金兵衛さんにもありなさろう」

「——も、もちろん。盗賊など、許せませぬ」

金兵衛は応えていた。

夜四ツの鐘が鳴り終わったようだ。

あとに物音はない。家人も奉公人たちも二日連続で息を殺している。

「さあ、義助。いかなる場合も言ったとおり、静かに、迅速にだぞ」

「はい」

義助の返事を背に、真吾は刀を手に腰を上げた。あとは手習い処に戻り、仮眠である。

この時刻、もし盗賊どもが今宵と決めていたなら、すでにいずれかで動いていることだろう。

二

三人だ。茂十《しげじゅう》、又八《またはち》、弓六《きゅうろく》といった。

いずれも上州無宿で、江戸に流れて出てから正業に就いたことがない無頼の徒だ。三人とも、いかにも我欲《がよく》の張った匹夫《ひっぷ》の面《つら》がまえをしている。茂十が兄貴格のようで三十がらみか、又八と弓六は二十歳を出たばかりに見える。

内藤新宿の四ツ谷大木戸に接した、下町《しもまち》の路地裏にある木賃宿だ。

内藤新宿一円には、上町《かみまち》から追分坂《おいわけざか》を下った天龍寺《てんりゅうじ》の打つ時ノ鐘が響く。

天龍寺は内藤新宿の西はずれにあり、そこにも門前町が形成されているが、町並みは内藤新宿にくらべずいぶん見劣りがし、一膳飯屋や木賃宿はあっても旅籠《はたご》や料亭といった類《たぐい》のものはなく、実入りになるものがないせいか店頭《たながしら》はいない。だが、馬子や大八車の荷運び人足たちが土地の者と諍《いさか》いを起こしたときなど、最も近い上町の店頭の若い衆が仲裁に走っていた。いわば天龍寺門前町は、上町の店頭の縄張といえた。

一方、下町の木賃宿である。路地から表通りに出ればすぐそこが四ツ谷大木戸で、ここを定宿《じょうやど》にしている行商人や長期に住みついている日傭取《ひようとり》などがおもな客になっている。昼間は江戸府内に出て、夜になれば帰って来るのだ。

夜四ツの鐘が鳴り終わったころである。裏手の暗がりに、三つの影が蠢《うごめ》いていた。額を寄せ合い、低声《こごえ》をかわし合っている。吐き捨てるような言いようは、兄貴格の茂十だ。

「まったくおシンがどじを踏みやがって、五助の野郎が血迷《ちまよ》って殺《や》っちまいやがった。おかげで俺たちゃあこのざまだ。江戸に長居は危なくなっちまったわい。くそーっ」

「ほんとうに、今夜の麦ヤ横丁で終わりですかい。五助に細工させたところが、まだ二カ所ありやすぜ」

言ったのは又八だった。

「今夜だって危ねえ。のるかそるかで押し入ってごっそりいただき、そのまま宿《しゅく》からも江戸からも逃亡《ふけ》るぜ。二人ともここを出るとき、これまでのお宝を忘れるんじゃねえぞ」

「そりゃあむろん。だが兄貴、あと二カ所はどうしやす」

と、弓六も未練ありげに言った。

「なあに、ほとぼりのさめたころにまた入《へえ》るさ。五助の仕事だ。そう簡単に見破られるはずはねえ」

茂十は応えた。

三人は今宵の麦ヤ横丁を当面の最後に、その足で武州川越《ぶしゅうかわごえ》あたりに遁走《とんずら》し、しばらく江戸のようすを見ようというのだ。

この会話のなかでも、茂十が言ったようにおシンなる女と、五助という職人へのいまいましさが、又八と弓六の口から吐かれた。

五助は腕のいい指物職人だったが、身持ちの悪いのが玉に瑕《きず》だった。そこを茂十らにうまく突かれたのだ。

あの雨の降った日だ。三人は、五助がおシンを刺した現場に居合わせたわけではない。だが、すぐ近くの飲み屋にいてようすをうかがっていた。

そのとき水茶屋から刃物を握って飛び出てきた五助を見て驚き、素早く飲み屋を出た。さすがに無頼にも年期の入った茂十で、ソレッと飛び出すようなことはしなかった。飲み屋のおやじに不審がられぬようにと、まず又八と弓六を外に出し、自分は勘定をすませ悠然とそこを出たのだ。

あとは雨の中を三人で手分けして五助を找《さが》し、見つけて事情を糺《ただ》し、刺し殺して外濠に投げ落としたのだ。このとき雨のせいで飲み屋にほかの客はおらず、外でも目撃者のいなかったのが、茂十らにはさいわいだった。

そのさいわいに気をよくしてすぐさま逃走せず赤坂に押し入り、さらに今宵、麦ヤ横丁に押し入ってから遁走しようとしているのだ。

五助は、内藤新宿から西へ二里（およそ八粁《キロ》）あまり行った下高井戸宿《しもたかいどしゅく》の指物師で、内藤新宿に長丁場《ながちょうば》の仕事があって天龍寺門前町の木賃宿に逗留していた。そのとき上町の飲み屋で酌婦《しゃくふ》のおシンと情交《わけ》ありとなった。

おシンは上州の産で、たまたま飲みに来た茂十らと、おなじ国者《くにもの》ということで親しくなっていた。

そこでおシンは茂十らに五助の話をし、その者が若いが腕のいい指物職人だと知ると、三人はそこに悪智恵を働かせたのだった。それが、酔っ払ったふりをして小金のありそうな家の勝手口をこわし、その場で平身低頭していくらかの弁償をし、翌日に五助を連れて出直し、細工仕事をさせるというものだった。

五助は喜んで話に乗った。金になるし仕事を終えればおシンとの享楽の夜が待っている。しかも五助は、それを自分の腕の見せどころと自負していた。

おシンも五助の耳元へ、熱い吐息とともに、

「――茂十さんたちねえ、あたしとは国者どうしなの。ただそれだけのつき合いなんだけど、ともかく三人とも気の弱いうえに酒ぐせが悪く、お仲間の人が尻拭いをしなければならず、おまえさんがいてくれてほんとうに助かる」

と、ささやきつづけ、

(――おシンは俺の腕に惚れている)

五助は有頂天になり、頼まれるままつぎつぎと仕事をした。

が、仲町の質屋と十一屋に盗賊が音もなく押し入ったとのうわさを聞き、愕然《がくぜん》とし、おシンを問い詰めた。

「――気分も場所も変え、ゆっくり話し合いましょうよ」

おシンはしおらしく、かつ熱く五助の耳元にささやいた。

それが、雨が降った日の市ケ谷八幡町の水茶屋だったのだ。

茂十たちにすれば、五助に抜けられればせっかくの秘策が頓挫《とんざ》する。それに口封じも必要となるかもしれない。雨が降っていたが、茂十たち三人は経過を見守るため、おシンの指定した水茶屋の近くに出向いたのだった。

部屋の中で五助は言った。

「――逃げよう。どこへ行っても俺の腕があれば、おまえを喰わせられるぞ」

執拗《しつよう》だった。

おシンはつい本音を吐いてしまった。

「――ふん。おまえさんをたらし込んだのは、金持ちの家に細工をさせるためだったのさ。それを逃げようだって？」

「――な、なんだって！　ならばおまえは、最初から俺を騙《だま》していたのか！」

五助は逆上した。

おシンはさらに言った。

「――そうさ。おまえさん、もう盗賊の仲間さ。抜けられりやしないさ」

「――なに！」

「――あぁぁぁ」

部屋に血しぶきが飛んだ。

そのあと五助の死体が水かさの増した外濠に四ツ谷御門を過ぎ、その下流の赤坂御門まで流れ橋脚に引っかかったのは、伊市郎の推測したとおりである。

天龍寺の時ノ鐘が鳴り終われば、内藤新宿の表通りも枝道も人の影は絶える。

まだいる客は泊りである。

　四ツ谷大木戸が閉まり、江戸府内から来ている者が帰れなくなるからではない。大木戸は石垣があり石畳もあるが、三十余年前の寛政《かんせい》期に廃止されている。だから大木戸跡と呼ぶべきだが、諸人《もろびと》がいまなお〝大木戸〟と言っているのは、江戸城下への入口としての意味からである。

　大木戸は開いていても、夜四ツを過ぎれば左門町や麦ヤ横丁のように町々の木戸が閉まり、結局は帰れなくなる。

　木賃宿の裏手のひそひそ声は、鐘が鳴り終わってからもつづいていた。

　茂十が念を押すように声を忍ばせた。

「いいか、天龍寺の九ツ（午前零時）が鳴れば、それが合図だ、それぞれ身支度をととのえ、もう一度ここに集まるのだ。同宿の棒手振や行商どもに、気《け》どられるんじゃねえぞ」

「そんなヘマしやせんぜ。遁走の駄賃に、幾人かの財布をいただいていきやしょうかい」

「あはは。常店《じょうみせ》の質屋にくらべりゃあ、やつらのふところなんざたかが知れているぜ」

と、又八に弓六が低声でつなぐ。こつこつとまっとうに働いている者を小馬鹿にしている。二人ともまだ若いのに、根っからの無頼となっているようだ。杢之助が聞けば、即座に必殺の足技が出るかもしれない。

「馬鹿野郎。小判ジャラジャラのお宝を前に、吝《けち》な了見を起こすねえ」

「へへ、冗談でさあ」

茂十の叱責《しっせき》に、又八が首をすぼめた。

裏手から人影は消えた。木賃宿の者も寝静まっている。

三

天龍寺の九ツの鐘が響きはじめた。

その鐘の音を、仲町で久左も与市も起きて聞いているかもしれない。だが下町の木賃宿で、蠢くものがあることにまったく気づいていなかった。

影は枝道から表通りに出ると、壁に沿い大木戸の石垣に張りついた。三人とも草鞋《わらじ》の紐をきつく結び、手甲脚絆《てっこうきゃはん》をつけ旅支度をこしらえ、ふところには匕首《あいくち》をのんでいる。

周囲に提灯の灯りも人影もないのを確認すると、

「行くぞ」

「へいっ」

闇に這《は》わせた茂十の低い声に又八と弓六は応じ、三人そろって江戸府内へ走り抜けるなり、すぐに街道から消えた。木戸を設けるほどもない、狭い路地に入ったのだ。

街道に面した枝道や裏道と裏道の交差するようなところには木戸が設けられ、木戸番小屋や自身番もあるが、人ひとりがやっと通れるような路地には木戸などなく、自身番からも死角になっている箇所が多い。町内の住人はそれらをよく知っているが、余所《よそ》者には分からない。

だが茂十たちは、五助に細工仕事をさせた家の近辺はくまなく踏査していた。しかも提灯なしで進むには、地面のようすまで知っておかねばならない。茂十たちは、それも調べ上げていた。

それは逃走経路も含め、徒党を組んだ大盗賊から一人働きのコソ泥にいたるまで、盗みを働こうという者にとってはイロハなのだ。杢之助も清次も、金兵衛の質屋を狙う盗っ人どもが大盗賊であれコソ泥であれ、街道から麦ヤ横丁の通りに入ることはないと踏んでいた。

だから木戸の門をはめておかなくても、盗っ人どもがそれに気づいて逆に警戒を高めることなどないと確信し、義助の走る通路を堂々と確保しておいたのだ。だが閉め忘れたりするのでは、出来心の盗っ人を呼び込むことになり、その盗っ人のためにもよくない。

茂十らは幾度も路地から路地へと曲がり、住人に気づかれることもなく、裏手から麦ヤ横丁の枝道に出た。これが寝苦しい夏の夜だったら、いずれかの住人が足音や壁に擦れる音に気づき、起き出していたかもしれない。冬なら手がかじかみ、秋のこの季節が盗賊にとっては最も好ましい季節なのだ。

麦ヤ横丁の通りに出た三つの影は、すぐさま金兵衛の質屋と真吾の手習い処のある脇道に入った。内藤新宿下町の木賃宿からここまでの動きは、さすが幾度も押込みを働いている一味といえた。

淡い月明かりに、金兵衛の質屋の前に三つの黒い影が立った。

これが杢之助や清次なら、雨戸の内側に人の気配を感じ取ったかもしれない。

このとき、内側で義助がそっと玄関まで出ていたのだ。

「――来るなら午《うま》の刻（午前零時）から申《さる》の刻（午前四時）までのあいだだろう。

この間、一人がかならず玄関の内側で耳を澄ませておいてはどうか」

昼間、真吾が金兵衛と義助に言っていたのだ。

金兵衛は受け、この二刻《ふたとき》（およそ四時間）のあいだ、義助を含め奉公人や家人らが交替で帳場に出て神経を雨戸に集中することになった。

最初が義助で、このとき茂十たち三人は、そのすぐ外側に立ったのだった。

（ん？）

義助は気配に気づき、さらに耳をそばだてた。

外では、

「よし」

三人はうなずきを交わし、勝手口に通じる狭い路地に入った。

五助に細工仕事をさせたとき、酔っ払いを演じたのは又八で、この路地には二度も入ったことがある。その又八が先頭に立ち、三人は勝手口に向かった。

が、

——ガタリ

又八が足元に音を立てた。三人は瞬時、動きをとめた。板切れを踏んだのだ。

以前来たときにはなかった。

捨てられ、かたづけ忘れたかのように、無造作に板切れは置かれている。地面の凹凸《おうとつ》や石ころから安定感がなく、踏めば音がする。

「――そのように」

真吾は金兵衛に言っていた。置いたのは義助だった。

屋内では義助が、気配が路地に入るのを確認すると同時に足袋跣《たびはだし》のまま土間に下り、そっと雨戸の潜り戸を開け、すでに玄関前から人の影が消えているのを確認すると外に出て、となりの手習い処の雨戸を撫《な》でるように叩いた。

内側の板の間には真吾が出ていた。

（ふむ、やはり）

と、土間に下り、雨戸越しに、

「来たか」

「はい」

「よし、行け」

「はっ」

義助は潜り戸が開くのを待たず、その場を離れた。

屋内では板切れの音に金兵衛は気づき、心ノ臓を極度に高鳴らせていた。板切れを置いた櫺子窓《れんじまど》の内側の部屋に、金兵衛は仮眠していたのだ。

真吾は刀を手に足袋跣のまま外へ出るなり、その影はすぐさま金兵衛の質屋の潜り戸に消えた。真吾が最初から金兵衛の質屋に入っていなかったのは、家人や奉公人の緊張を高めさせないための、逆の配慮だった。

路地では一瞬動きをとめた茂十らが、ふたたび又八を先頭に、さっきよりも慎重に忍び足をつくった。

角を曲がり、板塀に沿ってさらにそろりそろりと歩を進めた。

「ここで」

又八が板戸の前で歩をとめ、息だけの声でその部分を手で示した。

義助は麦ヤ横丁の通りに出ていた。提灯なしだが、街道に面した木戸はすぐそこだ。足元に気をつけ、走った。

木戸に手をかけ、引いた。

開いた。

街道に出た。人の気配も灯りもまったくない。

横切った。

左門町の木戸を押した。もちろん、木戸は動いた。

木戸番小屋の中では、

（おっ、やはり）

杢之助は油皿の囲いをとり、〝四ツ谷　左門町〟の文字が入った提灯に火を入れ、気配が腰高障子に立つなり、

「義助どんだな」

「へい。人数は分かりやせんが、数人で」

障子戸を引き開けながら義助は言った。

杢之助は火の入った提灯を義助に渡し、

「さあ」

「へい」

義助はそれを手にきびすを返し、ふたたび街道に出るなり東に走った。御箪笥町の方向だ。深夜に街道を走っても、御箪笥町の木戸を乗り越えても、木戸番人の提灯を掲げておれば怪しまれることはない。しかも走っているのは下っ引の義助なのだ。

「清次、行くぞ」

杢之助は清次に声をかけ、急いで外に出た。

「よしっ」

と、清次はすりこ木を手につづいた。籠城のかいがあった。

二人は向かいの麦ヤ横丁に走った。

この動きに、麦ヤ横丁の今宵の木戸当番はまったく気づくことなく、いつもの静かな夜の中にあった。

杢之助と清次は走った。角を曲がり、忍び足をつくった。すぐそこに金兵衛の質屋の裏手に入る路地がある。

静かで、まだ奥に異変は感じられない。

屋内では刀を手にした真吾を迎え、金兵衛の差配で家人らが灯りの用意にかかっていた。

その気配は、裏庭の板塀の外にまでは洩れていない。

勝手口の板戸の向こうでは、

「寝静まっているようだ。さあ」

「へい」

茂十の息だけの声に又八がしゃがみ込み、板戸に手さぐりを始めた。細工をした五助なら暗いなかでも一回の手さぐりで開けるだろうが、仕事を見ていただけの又八ではそうは行かない。

二回、三回とその箇所をさぐり、押してみるがなかなかうまく行かない。

「どうした。ほんとうに細工はしたんだろうなあ」

「もちろんでさあ。あっ、すき間、できやした」

「ふむ」

三人は息を殺した。

又八は用意した薄べらを差し込んだ。小桟《こざる》のはずれる感触があった。

「おぉぉ」

「しっ」

弓六が上げた声に、茂十が叱声をかぶせた。

又八はゆっくりと、音を立てず、潜り戸を開けた。

裏庭はさほど広くはなく、洗濯物が干せる程度で、植込みは隅にあるだけで遮《しゃ》蔽物《へいぶつ》はなにもない。

雨戸内の縁側には真吾が身構え、金兵衛の差配でご新造と女中と奉公人の小僧せがそれぞれに着物で提灯を蔽《おお》い、待機している。屋内の人数はこれで全部だ。せがれが一人いるが、手許で甘やかさず質屋修行のため、同業のところへ奉公に出している。

茂十らが潜り戸から、あたりをうかがいながら入ってきた。

雨戸の内側では、真吾がかすかに開けた戸のすき間から、

（一人、二人……）

数えている

最後に入った弓六が、そっと潜り戸を閉めた。

「ふむ、三人か。いまだ、金兵衛さん」

「へいっ」

金兵衛は雨戸を思い切り引き開けた。

同時に、提灯が一斉に庭へ向けられた。

「うわわわっ」

誰の声か、おそらく三人ともであろう。声が重なっている。

つぎに三人が見たのは、縁側から飛び出て来た黒い影だった。真吾だ。抜刀している。庭のようすは分かっており、間合いもすで測っている。

提灯の灯りに、三人が姿を浮かび上がらせ棒立ちになったとき、すでに真吾は二度ほど足袋跣で地を蹴り、刃風の音を立てていた。

「あぁぁっ」

三人のいずれかが声を声上げるなり、

「うぐっ」

奇妙なうめきとなり、その直後にもう一人が、

「うっ」

短いうめき声を上げた。

峰打ちだ。

二人とも匕首を取り出す余裕もないばかりか、胴を打たれた突然の激痛に、

「うぅぅぅぅ」

前のめりに膝を地につけ、気を失いかけた。たとえ匕首を抜いていても、真吾の打ち込みにはなんの役にも立たなかっただろう。

ふたたび態勢を立て直し、残った一人に下段の構えをとるのと同時だった。

「うわーっ」

その影は奇声を発し、うしろへ跳んだ。

——ガシャッ

板戸に体当たりのかたちとなり、板戸ごと外へ転がり出た。

真吾は数歩踏み込んだ。刺し殺すのは可能だった。

が、ひかえた。

背後では金兵衛と小僧が、うずくまる二人を紐で縛り上げていた。最初に倒したのは又八で、つぎが茂十だった。なおもうめいている。

真吾は壊れた勝手口から外をのぞいた。

逃げ惑う影は弓六ということになる。二転、三転しながら起き上り、

「わーっ」

悲鳴とともに、

——ゴツン、ガシャ

板塀に身を打ちつけてはよろめき、もと来た路地の入口へと足をもつらせた。

路地に刀を一閃《いっせん》させる幅はない。真吾は目で影を追い、

(頼みますぞ、杢之助どの)

念じた。

音はおもてまで聞こえている。路地の入口に杢之助と清次は立っていた。

中に踏み込まなかった。幾人走り出て来るか分からず、狭い路地では真吾の素っ破抜きと同様、必殺の回転足技を披露できないからだ。

二人はうなずきを交わし、入り口から数歩退いた。

なおも影は身を壁にぶつけ、つまずき、狭い中からようやくよろけ出た。ホッとした思いになったことだろう。

李之助はその背後に目をやった。動く影はない。

「こやつ一人！」

声に出すなり、

「えいっ」

腰を落とし左足を軸に右足が空《くう》を切った。

「ぐぇっ」

おそらく弓六は、自分の身に起きた事態を理解できなかったろう。左の腋下《わきした》に激痛が走ると同時に、身は宙に浮いていた。すかさず清次がそれを、

「だーっ」

叩き落とすようにすりこ木を上段から打ち下ろした。

――ゴツッ

にぶい音だった。脳天を打ったようだ。
弓六の身は地に落ちるなり、その場に崩れ込んだ。杢之助の足技に悶絶したか
清次のすりこ木に気絶したか、それは分からないが息はあった。

四

源造が義助とともに駈けつけたのは、縛り上げた三人を裏庭に引き据え、水を
ぶっかけ正気を取り戻させたときだった。

「こ、これはいってえ！」

縛られた自分に茂十は驚愕《きょうがく》の声を上げ、

「兄貴〜っ」

「ど、どうなったんだよう」

又八と弓六は情けない声を出した。

三人は提灯の灯りに周囲を見まわし、ようやく自分たちの置かれた境遇を覚っ
たようだ。そこへ源造が、

「おぉう、おうおう、榊原の旦那。やってくださったかい」

と、義助をともない、壊れた勝手口から入って来たのだ。

外には質屋の表にも裏手にも、物音に起きた近所の住人たちが出てきて、

「あっ、源造親分が来なさった」

「さ、早う中へ」

と、案内するように道を開けていた。

「ううっ」

茂十は声を上げ、

「初めてなんだ！　きょう初めて泥棒に入り、捕まっちまった。なあ、おまえら、そうだよなあ」

「そ、そうなんでさあ」

「はじ、初めてで、へえ」

又八と弓六は茂十に口裏《くちうら》を合わせた。

十両盗めば首が飛ぶのがご掟法である。余罪が明らかになればその額は十両をはるかに超え、それはいま三人のふところにある。それだけではない。五助のことまで明らかになれば、三人とも死罪は免れないだろう。恐怖とともに、必死になるはずだ

茂十は恥も外聞もなくまた言った。

「親分、勘弁してくだせえ。ほんと、初めてなんだ」

「うるせえ！」

源造は茂十の腰を蹴り上げ、

「さあ、金兵衛さん。とりあえずこいつらを伝馬町の自身番へ引きやしょう」

「それがいい」

金兵衛が応じたときだった。

「待ちねえ」

杢之助が待ったをかけた。これからが杢之助の、ほんとうの戦いなのだ。

「なんでえ、バンモク。なんか言いてえことでもあるのかい」

怪訝《けげん》な表情になった源造に、杢之助はつづけた。

「いや。この段取りをつけたのは源造さん、あんただ。ええ手柄だぜ」

「そう言ってくれるかい」

と、源造の眉毛がぴくりと動き、杢之助はつづけた。

「手柄ついでだ。伝馬町の自身番じゃ、これから控え帳を記《つ》けなさろう。あんたの段取りの結果を全部、ここで現場検証していったらどうだい。そうすりゃあ伝馬町の自身番から、すぐ茅場町《かやばちょう》の大番屋へ引いて行けるぜ」

「あ、それがいい。それが一番確実で、伝馬町の町役さんや書役さんたちも手間がはぶけます」

と、即座に金兵衛が賛同した。

自身番で罪人を拘束したとき、役人が来て取調べなどをすれば、その間の接待の費用などはすべて町の出費となる。滞在は短ければ短いほどよい。しかもここで検証するのは、盗っ人三人を捕えた場面のみである。金兵衛もその家人も近隣の住人たちもこの場にそろっている。

杢之助にとって、それが重要な意味を持つのだ。清次が秘かにうなずいていた。

「おう、それもそうだなあ」

と、源造はその気になり、眉毛をひくひく動かしながら、

「おい、伝馬町の自身番に走り、町役と書役にここへすぐ来てもらえ」

義助に命じると、縛られた三人に、

「いいか、おめえら。なにもかも、はっきりと言うのだぞ」

「へ、へい。なにぶん、これが初めてなもので」

茂十はなおも言った。

伝馬町の町役と書役が駈けつけると、茂十と又八を捕えた場面は金兵衛と真吾が話し、

「そ、そのとおりでごぜえやす。なにぶん不意に雨戸が開き、こちらの旦那に峰打ちを喰らいやして」

と、茂十と又八が証言し、金兵衛の女房も女中も小僧もうなずいた。まったくそのとおりなのだ。

つぎは弓六である。

李之助の木戸番小屋に知らせたのは義助である。

李之助は言った。金兵衛も、勝手口からのぞいている近所の住人たちも聞いている。

「知らせを受けてすぐおもての清次旦那を呼び、一緒に駈けつけたのさ。路地の入口まで来ると、奥から人影が走り出て来るじゃねえか。儂はびっくりし、思わず二、三歩も引いたわさ」

「そうだろ、そうだろ。おめえじゃなあ。それからどうしたい」

源造は得心したように問い返した。

「こいつは盗っ人だと思い」

と、清次があとをつないだ。

「私も驚きましたがなにぶん不意のことで、飛び上がって蹴り飛ばし、思わずこいつで頭をガツンと」

「そう、そんな感じでごぜえやした。なにしろ不意のことで相手も分からず、このざまに相なりやして」

縛られ、地面に尻餅をついた状態で弓六は証言した。実際そうなのだ。腕下を蹴り上げたのは二人のうちどちらか、暗い中に見当もつかなかったのだ。

「あははははは。清次旦那なら、そのくらいのことはやりなさろう。やい、バンモク。おめえ、尻餅ついて泡吹いていやがったのだろう」

「こきやがれ」

杢之助は返したが、金兵衛はそれを信じ、壊れた勝手口からのぞいている多数の顔も、一様に得心したようにうなずいていた。

奉行所の御留書《おとどめがき》には自身番の記した内容が、ほぼそのまま書きうつされる。余罪に関してはこのあと大番屋で取り調べられ、それらを踏まえて奉行所のお白《しら》洲《す》で裁許《さいきょ》が下されることになる。

源造が、伝馬町の自身番に三人を留め置く時間をすこしでも短くするため、深夜の道を義助に八丁堀へ走らせたのには、伝馬町の町役たちは感謝していた。

源造の差配で三人は伝馬町の自身番に引かれ、杢之助と清次は左門町への帰途についた。

街道に出るところで、麦ヤ横丁の今宵の木戸当番が声をかけてきた。騒ぎに気づいて、起き出していたようだ。

「杢さん、あんたも現場に出なすったかね」

「あゝ。清次旦那と一緒になあ。念のためだ。このあと閂はちゃんとかけておきねえ。あと数刻でまた開けることになるが」

杢之助の言葉に清次がかたわらでうなずき、

「それじゃ、木戸番さん」

と、そのまま居酒屋に帰り、杢之助は左門町の木戸に閂をかけた。

すでに丑三《うしみ》ツ時《どき》（およそ午前二時半）はまわっていたろうか。

「ふーっ」

杢之助は木戸の内側で大きく息をつき、木戸番小屋に戻ると、

（うまく進められた）

心中につぶやき、ごろりと横になった。

五

「やっぱり左門町は助かるぜ」

「ありがとうよ、木戸番さん」

と、翌朝いつものとおり日の出の明け六ツに、杢之助が木戸を開けるのに疎漏《そろう》はなかった。

だが、二晩も仮寝《かりね》がつづけば、疲労の色が顔に浮かぶのは隠せなかった。

井戸端でまっさきにおミネが気づき、

「杢さん、やはりなにかあったのね」

桶を手に問いかけてきた。

「実は昨夜なあ、お向かいの麦ヤで金兵衛旦那の……」

杢之助が話しはじめると、たちまち喧騒のなかに棒手振たちも加わり、

「俺、ちょいと見てくるよ」

と、納豆売りなどは商いもそこそこに長屋の路地を出て街道を横切り、

「麦ヤの木戸当番さんよーっ」

まだ開いていない木戸に声をかけた。

そのあとをまた、

「俺も」

と、左官屋が追った。

これから李之助の語る内容は、近辺に拡散することだろう。

左門町の長屋の路地ではまだその話はつづき、

「よかったあ、李さんが危ない目に遭わなくって」

おミネが言うと、

「あそこには手習い処のお師匠《しよ》さんがいなさるから。でも、さすがは清次旦那ねえ。飛び蹴りにすりこ木でぽかんなど」

大工の女房がつづけ、

「それならそうと李さん、俺たちにも声をかけてくれりゃあよかったのによ」

松次郎が言ったのへ、竹五郎も大工もうなずいていた。

李之助は木戸番小屋に戻り、一息入れると荒物をならべるよりもまた下駄をつっかけ外に出た。その足は、差したばかりの朝日を受けすでに一日の始まっている街道を大木戸のほうへ向かった。

そのすぐあとである。納豆売りのあとを追い麦ヤ横丁へ走った左官屋が、

「おーい、みんな。本当だったぞ！　いま引かれて行った」

声を上げながら長屋の路地に走り戻ってきた。

「金兵衛旦那のところからか！」

「三人とも？」

と、部屋に戻っていた松次郎や大工の女房たちもまた出てきて、長屋の井戸端にふたたび人が集まった。

納豆売りと左官屋が、麦ヤ横丁の通りから金兵衛の質屋と手習い処がある脇道に走り込むと、数人の近所の住人が路地をのぞき込んでいた。訊《き》くとまだ暗いうちに盗っ人三人はとなりの伝馬町の自身番に引かれ、さきほど源造の案内で奉行所の役人が現場の確認に来ていま帰ったところだという。

「――ほっ、そうかい」

と、納豆売りはその場で商いに入ったが、左官屋は伝馬町の自身番に走った。人だかりができており、左官屋が駈けつけたとき、ちょうどその人垣がくずれたところだった。腰高障子が開き、人が出てきたのだ。

「――おおぉ」

「――こいつらか」

道を開けた人垣から声が上がり、

「――おっ。杢さんの言ったとおりだ！」

と、左官屋も声の一人となった。

奉行所の同心と源造だ。

「――さあ、道を開けてくだせぇ」

と、源造は先頭で得意満面に、太い眉毛をひくひくと動かしている。

つぎに数人の六尺棒の捕方に囲まれ、数珠つなぎになった三人がつづき、さらにまた奉行所の同心が出てきた。

それらは左官屋たちの前を通り過ぎた。街道に向かっている。あとについて行く住人もいた。

自身番の前では、伝馬町と麦ヤ横丁の町役たちが、

「――ご苦労さまでございました」

と、ふかぶかと頭を下げていた。いずれもホッとした表情で、そこに金兵衛もいた。詳しく記《しる》された控え帳は町役から奉行所の役人に渡され、町の出費が三人の賊を引き取りに来た役人たちのお茶だけで終わったのだ。

それらを見とどけてから、左官屋は左門町の長屋に走り戻ったのだった。

一方、杢之助は大木戸の石垣を抜け、内藤新宿に入っていた。早くもこの時刻には大八車や荷馬の音にまじり、表通りは人と物の集散地の顔となっている。

左官屋が見て来たことは、杢之助には確認しなくても想像できた。真吾は自身番にも現場検証にもつき合い、控え帳の内容を吟味する同心に幾度も、

「――さよう。相違ござらぬ」

と、肯是《こうぜ》のうなずきを示したことだろう。

それらを想像しながら、杢之助の向かったのは仲町の久左の住処《すみか》だった。きのう太陽がかなり西の空にかたむいた時分、源造が左門町に来て、市ケ谷八幡町の自身番に留め置いている死体二体を〝あしたの朝早く〟代々木の狼谷に運ぶ手筈をととのえたと告げたときだ。源造は久左へのある依頼を、杢之助に頼んでいた。その内容はきのうのうちに杢之助が内藤新宿に足を運び、久左に話して了解を得ている。

それの確認もあり、昨夜の詳細も久左に話しておかねばならない。

久左のような稼業の者は朝に弱い。それでもほとんど徹夜だった杢之助が来た

とあっては、久左は眠い目をこすり、居間で李之助と箱火鉢《はこひばち》をはさみ、与市も同座した。

話に二人は、

「ほう、やはり」

「三人でございやすね」

と、眠気を吹きとばし、箱火鉢の上に身を乗り出した。

路地から飛び出してきた一人については、

「そやつも引っ捕らえやしてねえ」

と言っただけで、久左も与市も納得し、そのときのようすを詳しく訊くことはなかった。

「ところできょうの件だが」

と、李之助は本題を切り出した。市ケ谷の死体が二体、内藤新宿を通過する件だ。これには与市が応えた。

「あゝ、それならきのう李之助さんからうかがったあとすぐ上町に走り、向こうの店頭さんからも合力《ごうりき》の約束をしてもらっておりやす」

「源造さんに、そう伝えておいてくんねえ」

久左がつなぎ、

「ありがたいことです。源造さん、きっと喜びやしょう」

と、杢之助は腰を上げた。

帰り、大木戸の石畳のところで、

「おっ、もうそんな時分になっていたかい」

と、内藤新宿へ仕事に向かう松次郎と竹五郎に出会った。

「なんでえ、杢さん。いねえと思ったらこんなところに」

「朝早く、どこへ？」

互いに足をとめ、石畳を出て脇に寄った。

「あゝ、金兵衛さんとこに入《へえ》った盗っ人なあ。ほれ、こっちの仲町の質屋と十一屋に入ったのと手口が似ていたからよ。一応、久左親分にも話しておいたほうがいいだろうと思ってなあ」

「なんでえ、そんなことなら俺たちが言ってやったのによ」

「そうとも。きょうも仲町に行くからよ」

「あ、そうだったなあ。つぎからはそうするよ。ともかく、きょうも稼いできねえ」

「おう」

松次郎と竹五郎は大木戸の石垣を背に、天秤棒の紐をぶるると振り、背の道具箱をガチャリと鳴らす、左門町の木戸でのいつもの仕草を見せた。皐月《さつき》の鯉《こい》の吹き流しで、腹に一物《いちもつ》もない二人なのだ。

石畳の上から杢之助はその二人の背に、

（すまねえ）

また心中で詫びた。夕刻近くに二人が仕事から戻ってくれば、

（きょうの内藤新宿のようすが聞ける）

その思惑がすでにある。

左門町に戻ると、軒端《のきば》の縁台に清次が座り、お茶を飲みながら待っていた。まだおミネが出てくるころあいではない。

清次にも、死体が内藤新宿を通過する件を話しておかねばならない。

「これはおもての旦那、昨夜はご苦労さまでした」

縁台に客はいなかったが、周囲に往来人がいる。杢之助は前かがみで縁台に近づいた。

「これは木戸番さんこそ、昨夜は遅くまで」

腰を浮かせ横に杢之助の座をつくり、志乃が暖簾の中からお茶を持ってきた。

あとは低声でも不自然ではない。左門町や麦ヤ横丁の住人が通りかかっても、外で話しているほうがかえって自然に見えようか。

「間もなく五助とおシンとやらの死体がここを通り、大木戸向こうへ……」

「それで久左さんがうまくやりなさる、と」

「そういうことだ」

話すと、

「それじゃ儂、きょうは番小屋でゆっくり休みますじゃ」

と、腰を上げようとしたときだった。

「お、あれでは」

清次が視線を右手の東方向に向けた。

杢之助も顔をさりげなく向け、

「来たな」

つぶやいた。大八車が二台、利吉と市ケ谷八幡町の町役一人がつき添い、人足たちは八幡町の若い連中のようだ。得体の知れない女に人殺しの男とあっては、八幡町では棺桶を用意するのも惜しんだか、莚《むしろ》にくるんだだけで荷台に乗せている。二体まとめて一台に乗せなかったのは、せめてもの町の温情か。

利吉が大八車についたまま、

「あ、左門町の木戸番さん。いま運んでいるところで」

「あゝ、ご苦労さん」

声をかけてきたのへ杢之助は軽く返し、清次は手だけで応じた。源造の手の者なら、呼びとめお茶の一杯でもと言いたいところだが、荷が莚にくるんだだけの死体でははばかれる。

二台の大八車は、居酒屋の前を通り過ぎた。源造は利吉に、死体のつき添いを命じただけで、それ以外のことはなにも話していないようだ。

(それでいいんだぜ、源造さん)

杢之助は大八車を目で見送り、

「それでは清次旦那、儂はこれで」

「あゝ、ゆっくり休みなせえ」

あらためて腰を上げたのへ、清次はおもての旦那らしく座ってまま返した。

杢之助が木戸番小屋に戻り、荒物をすり切れ畳にならべ、

「さあて」

と、一息ついたところへ、軽やかな下駄の音とともにおミネが顔だけ三和土に入れ、

「わたし、これから仕事だけど、杢さん、きょうはゆっくりしていてくださいな。なんなら暇なときに、わたしが留守居に来ますから」

と、いつもより弾んだ声を入れ、すぐ下駄の音を木戸のほうへ響かせた。あした、太一が初登りではないが帰って来るのだ。

ふたたび、さあてと胡坐のまま伸びをし、横になろうとしたところへ、つぎはけたたましい下駄の音が近づいてきた。

「来た、来た、来た」

と、杢之助は倒しかけた上体をもとに戻した。一膳飯屋のかみさんだ。ようやく麦ヤ横丁の一件を耳にしたようだ。だが、いつも早耳のかみさんにしては遅すぎるではないか。

案の定だった。かみさんはもっと早くに朝の棒手振から聞いていた。下駄の音が三和土に飛び込むなり、

「杢さん、杢さん、大変だったんだってねえ。でも巻き添えを喰わなくってよかったよう。さっきさあ、金兵衛旦那の質屋を見に行って、そのあと伝馬町の自

身番まで走ってさあ。直接李さんにもと思ってここへ来たら、李さん、いないし。どこへ行っていたのさ、この大変なときに。で、詳しい話、どうなのさ」

立ったまま早口にしゃべり、ようやく一息ついた。

「長屋で聞いたんなら、そのとおりさ。さっきは金兵衛旦那の見舞いさ」

「あゝ、やっぱりそうなんだ。李さん、ほんとうにあっちこっち気を配るんだから。で、どうだった？」

「どうだったって、もう聞いたんだろう。ほとんど儂、昨夜は徹夜なんだ。ちょっと横になろうと思って」

「あ、そうだ。李さん疲れているんだ。ごめんよ、ごめんよ、休んでおくれ。あとでまた教えておくれよねえ」

一膳飯屋のかみさんは、最後にはいたわる口調になり、三和土を出るとそっと腰高障子を閉めた。

「ふーっ」

李之助はあらためて一息つき、ごろりと横になった。追い返したようだが、李之助は一膳飯屋のかみさんが来るのを秘かに待っていたのだ。ひとたびかみさんの耳に入ると、またたく間に両どなりの塩町から忍原横丁へと広まる。だがこたびは逆にうわさを集めてきてくれた。かみさんは杢之助に〝巻き添えを喰わなくってよかった〟と言った。ということは、長屋の井戸端で杢之助が語ったとおりにうわさはながれているようだ。

一方、さきほどの大八車はすでに大木戸の石畳に音を立て、

「それじゃみなさん、あっしはここで」

と、利吉はそこで引き返した。大木戸には与市が待っていた。

「さあ、ここからはあっしが案内いたしやす」

「ふむ」

と、与市に八幡町の町役はうなずきを見せた。

六

大八車は荷馬などで混雑する内藤新宿の通りを進んだ。丸い棺桶ではないからまわりの人足や往来人には積荷が死体などとは分からず、しかも店頭の若い衆が先導していては、宿場の馬や大八車、人足を差配する問屋場《といやば》の者も宿場役人も荷改めなどしない。

仲町まで進むと与市は、

「さ、こちらでございやす」

と、大八車を枝道に入るよう先導した。久左の住処がある往還だ。そこには若い衆が数人待っていて、さらに路地へ案内され勝手門から裏庭に入った。

久左をはじめ、十人前後の者がすでに来て待っていた。そこには上町の店頭と数人の若い衆、仲町の質屋と十一屋たちの顔があった。

大八車二台がならんで停められると、

「さあ、見てくだせえ」

久左がうながした。

自身番ならず、内藤新宿仲町の店頭の住処での死体改めだ。

まず、女のほうからだった。

「こんな顔ですがねえ」

と、市ケ谷八幡町の町役が莚をめくった。死化粧などしておらず、髪も乱れたままで、殺されたときの形相である。唯一の救いは、秋の雨の日に殺されてからまだ三日目で、腐乱していないことであろう。

「ううっ」

周囲から声が上がったがすぐさま、

「こいつ、おシンじゃねえか！」

上町の若い衆が声を上げれば、つぎにめくられた男の死体には、

「あっ、こいつです。こいつが戸に細工をした指物師です！」

「そうです、うちもです。こいつに間違いありません！」

質屋と十一屋が声をそろえた。

上町の若い衆の証言から、死体は指物師の五助で、天龍寺門前町の木賃宿に塒《ねぐら》をおいていたことも明らかになった。与市も含め仲町と上町の若い衆らの証言で、おシンと五助とさらに与太が幾人か飲み屋でよく一緒だったことも明白となった。その若い衆らが茂十たちの面を見れば、

『間違《まちげ》えねえ、こいつらだ。五助とつるんでいやがったのは』

と、証言することになるだろう。

上町の店頭は、

「これは、上町《うち》に住みついていた者が、仲町《そちら》さんで悪戯《わるさ》をしでかしていたとは、知らなかったとはいえ、まっこと申しわけねえことで」

と、久左に恐縮の態《てい》になり、

「こいつらあ」

舌打ちし、おシンと五助の死体を睨《にら》みつけた。

茂十、又八、弓六の三人が住みついていた木賃宿がある下町の店頭とその若い衆が来ていないのは、伝馬町の吟味ではまだ茂十たちが〝初めて〟を言い張り、指物師の五助や酌婦のおシンとの関わりを隠すため、内藤新宿下町の木賃宿に塒をおいていたことを吐いていなかったからである。

三人はいま、茅場町の大番屋で吟味を受けている。大番屋にも牢の機能があり、鞭《むち》や竹刀《しない》はむろん石責めや水責め、吊るしの諸道具もそろっている。

三人は、まだ〝初めて〟を言い張っていた。麦ヤ横丁の質屋では一文も盗っておらず、入牢《じゅろう》に百叩《ひゃくたた》きか江戸所払《ところばら》いですむ公算はある。ところが余罪がありそこに殺しまで重なれば、遠島ぐらいではすまず斬首は免れない。まさしく命の分かれ目なのだ。

源造が杢之助をとおして久左に依頼していたのは、この死体改めだった。

「市ケ谷のお人ら、手間を取らせてしまいやした。さあ、行ってくだせえ」

久左は市ケ谷八幡町の町役たちに言うと、

「おう、与市。かくのとおりだ。このことをすぐ左門町の木戸番さんに知らせるのだ。それに源造さんに、大番屋でもお白洲でも合力するからと言付けを忘れねえように」

「へい、承知しやした。さっそく」

与市は返し、さらに久左は上町の店頭と仲町の質屋、十一屋に、

「これでよござんすね。一同そろって証言する、と」

「異存ありやせん。天龍寺門前町の木賃宿もおシンを置いていた飲み屋のおやじも引き連れて参じまさあ」

上町の店頭が応じると、仲町の質屋も十一屋も、

「はい。大番屋でもお奉行所のお白洲でも」

「お呼びがあれば、どこへでも出て慥《しか》と証言しますよ」

口をそろえた。

江戸町奉行所が道中奉行をとおして死体改めを要請していたなら、両奉行からその達しが内藤新宿の問屋場に届くころには、死体はとっくに狼谷で灰になっていただろう。源造が杢之助を通して久左に依頼していたのは、このことだった。

大八車はふたたびおもての通りに出て代々木の狼谷に向かい、与市は左門町に走った。

内藤新宿から与市が左門町の木戸に入ったのは、太陽が中天に入るにはまだすこし間のある時分だった。すり切れ畳に寝ころがり、うつらうつらとしていた杢之助は、与市の声を聞くなりはね起きた。草鞋五足の代金がすり切れ畳の上に置いてあった。町内の住人が買いに来て、寝ている杢之助を見て起こさずにそっと置いて行ったようだ。

だが、与市への反応は素早かった。話を詳しく聞くなり、おもての居酒屋に行っておミネに留守居を頼むと、その足で御簞笥町に向かった。街道まで出て見送った清次に、杢之助は、

「万事、予想どおり」

その一言で、清次はおおよそを理解した。

源造の反応も事態のながれにうまく合っていた。午前《ひるまえ》に、

「バンモクが来るはずだ」

と、茅場町の大番屋から御簞笥町に帰っており、直接話すことができた。

杢之助は与市の話を一句洩らさず語った。

「おぉう、おう。バンモクにしちゃあ上出来だあ」

源造は太い眉毛を大きく上下させながら言うなり、塒の小間物屋を飛び出した。ふたたび大番屋に向かったのだ。

これで茂十たちは、金兵衛の質屋での裏庭以上に、もはや袋のねずみとなったことは確実である。まだシラを切る茂十たちに、内藤新宿の質屋や十一屋、おシンを置いていた飲み屋のおやじを呼ぶと言えば、三人ともたちどころに蒼ざめ震えだすだろう。

杢之助はそれを想像しながら、小間物屋の店先で源造の背を見送った。一緒に店から出てきた女房どのが、

「杢之助さん、昨夜からほんとうにご苦労さまでしたねえ。せめてお昼を用意しますから」

言ったのへ、

「いえ。早う左門町に帰《けえ》って、また昼寝のつづきをさせてもらいまさあ」

と、そのまま御簞笥町を離れた。

実際に杢之助は早くそうしたかった。おとといから気の張りつめどおしだったのだ。これで杢之助の、降りかかる火の粉をふり払う仕事は、ほぼ終えたことになる。左門町へ戻る足取りは、疲れてはいるが重くはなかった。

源造の女房どのが勧めたように、もう昼めし時である。清次の居酒屋に立ち寄った。混みはじめていたが清次は調理場から出てきた。

「いかがで」

「あしたは、ゆっくりできますじゃよ」

短く、これだけの会話で清次も安堵の表情になり、調理場に戻った。

「杢さん、あしたはずっといてくださいねえ」

「もちろん」

おミネが弾んだ声で言ったのへ、杢之助は返した。あした、太一が帰ってくるのだ。

木戸番小屋に戻ると、すり切れ畳にごろりと横になった。

(このくらいで疲れを感じるとは、儂も歳かなあ)

思いながら、ようやく得た安堵のなかに、ふたたびうつらうつらとしはじめた。もう還暦に近いのだ。

昼の書き入れ時が終わり、飲食の店が夕の仕込みにかかるにはまだかなりの間がある時分だった。おそらく清次が言ったのだろう。おミネがそっと木戸番小屋をのぞきに来た。

清次にしては、自分が行って詳しい話を聞きたいところだが、それでは李之助の安息のさまたげになる。それに李之助の表情と短い言葉から、情況は一応の見当がついている。

「あらあら」

と、おミネが足を忍ばせて三和土に入ると、李之助は横になっていたが、

「おっ、これはおミネさん」

と、すぐに気づき、上体を起こした。午前中も仮眠していたときに近所の住人が草鞋を買いに来た。誰か来たことに気づいてはいたが、

（――ま、いいか）

と、そのまま、また目を閉じたのだ。それを起きてから、

（不覚！）

思い、大いに反省した。もし、来たのが賊だったなら……である。

その反省から、午後は仮眠していても物音に気づけば上体を起こしている。

来たのがおミネだった。

李之助は安堵というより、安らぎを覚えた。

「李さん、そのまま、そのまま。しばらくなら、わたしがここで」

言いながらおミネは自分で荒物をそっと脇に寄せ、細い腰をすり切れ畳に据え、上体を杢之助のほうへねじった。

「金兵衛旦那のおとなりに榊原さまがいて、清次旦那も一緒に行ってくださってよかった。もうわたし、話を聞いただけどきどきしましたよう」

「あはは、盗っ人の入るのが昨夜でよかったじゃねえか。もし今夜だったなら、あした一坊とゆっくり会えないところだったぜ」

「そお、わたしもそれを思った。でも、杢さん。あまりお節介すぎますよ。まったく杢さんは頼まれやすい人なんだから。きょうも内藤新宿や御簞笥町を行ったり来たり。みんな源造親分からの頼まれ事だったんでしょう?」

「ま、そういうところだ」

などと話しているところへ、開け放した腰高障子の外に雪駄《せった》の音が聞こえた。

源造だ。敷居をまたぐなり、

「おっ、おミネさんじゃねえか。こっちだったのかい」

「えぇえ。また親分さん、杢さんになにか」

おミネは不満げに腰を上げ、座を源造に譲った。

「おう、ありがとうよ」

源造は当たり前のように言うと、すぐ奥の杢之助に向かい。

「おめえ、現場では役立たずだが、つなぎには下っ引の百人分くらいはあらあ。おかげでよ、あいつら真っ青になりやがって。あしたは駄目押しで牢問《ろうとい》にかけるまでもなく、すべてを吐かせるって同心の旦那方が言ってなさるのよ。それで、きょう中に久左どんにつないでくんねえ。あした午前、茅場町の大番屋に宿《しゅく》のお人らみんなそろってくんねえ、と。それができりゃあおめえ、お白洲なんざただの確認だけってことにならあ」

「ほう、そうかい。牢問にゃまだかけちゃいねえのだな」

「それを同心の旦那らに、させねえためじゃねえか」

「よし、分かった。すぐつないでくる。で、赤坂の質屋はどうなんだい」

「それよ。あした一緒に赤坂の質屋も呼んで茂十らの首実検よ。それも俺が同心の旦那をせっついて、伊市郎の野郎が手筈をととのえることになったのさ」

源造は終始、上機嫌に眉毛を動かしている。

これで証人集めは、赤坂も含めすべて源造の手柄になる。

「それはよかったじゃねえか。おミネさん、ちょいとまた留守を頼まあ。清次旦那には儂から話しておくから」

言うと李之助は立ち上がり、粗末な衣桁《いこう》にかけてあった半纏《はんてん》をはおった。李之助は本心から〝よかった〟と思っている。源造に手柄を立てさせたのはむろんのこと、それよりも自分の奔走でお縄になった茂十らが、無駄なシラを切って同心たちに牢問にかけられ、悲鳴を上げ皮膚を破られ血を流している図など、想像もしたくないのだ。牢死でもされれば、これほど寝覚めの悪いことはない。

三和土に下りて下駄をつっかけた。その李之助より源造のほうが、

「おミネさん、すまねえなあ。なあに、すぐ帰《けえ》ってくらあ」

などとおミネに言っていた。

「もう、源造親分。李さんはきのうからで疲れているんだし。それにこの左門町の木戸番さんなんですからねえ」

「あはは。バンモクはそれだけじゃねえさ」

おミネの言った文句を源造は軽くいなし、

「さあ」

と、李之助と一緒に木戸番小屋を出た。

「んもう、李さんたらあ」

おミネはいくらか腹を立てた。

木戸を出ると街道で二人は右と左に別れた。源造は市ケ谷で裏付けを取る仕事が残っており、赤坂の伊市郎にもここぞとばかりに口出しをすることだろう。杢之助は居酒屋の暖簾にちょいと顔を入れて内藤新宿に向かった。

そこでは朝につづく杢之助の訪《おとな》いに久左が、

「ほう、もう来なすったか」

と、みずから玄関に出た。杢之助は土間に立ったまま用件だけ告げた。源造からの、あしたの頼み事だ。

ふたたび左門町では杢之助が帰ってくると、

「もう、杢さんは人がよすぎますよ」

と、留守居をしていたミネは怒ったように言い、店に戻った。陽は西にかなりかたむき、飲食の店ではまた書き入れ時に入る時分となっていた。

杢之助はおミネの束ねた髪が揺れる背を見送り、

（これで正真正銘、儂の仕事は終わったんだよう）

心中につぶやいた。あとは松次郎と竹五郎の帰ってくるのを待ち、内藤新宿のようすを聞くだけである。

往還に射す陽光に夕暮れを感じはじめたころ、

「おぉう杢さん、帰《けえ》ったぜ」

「あしたもまた宿《しゅく》だ」

と、松次郎と竹五郎が帰ってきた。

「おう、ご苦労さん。で、どうだったい。なにか変ったうわさはあったかい」

三和土に立った二人に杢之助は訊いた。

「向こうに変わった話なんざなかったからよ、逆にこっちから麦ヤ横丁の盗っ人の話をしてやると、みんな驚いてやがった」

「榊原の旦那が捕まえたっていうと、女衆は大喜びさ」

「仲町に入った盗っ人と、おなじやつらかもしれないって言う人もいたなあ」

「そうそう、それは俺も聞いた」

松次郎と竹五郎はひとしきり話すと、

「さあ、湯だ」

「おう」

と、二人は上機嫌で湯に行った。職人でも出商《であきな》いの者にとっては、みずから話題を提供するのも大事な商いのコツなのだ。近隣からなんらの被害も出さず大きな話題を得たのだから、商いにも弾みが出たことだろう。

それに、二人とも内藤新宿の話題はなにも持ち帰っていなかった。大八車の死体改めという猟奇的な話は、洩れていないようだ。さすがは久左といえるが、やがて仲町や麦ヤ横丁、それに市ケ谷の話が一連のものとして語られることになるだろう。だがそこには、陰で奔走した杢之助の名は出て来ないはずである。

七

朝、いつものとおり日の出前に目が覚めた。昨夜も清次は来たが、慰労のために熱燗を持って来ただけですぐに帰った。夜四ツの火の用心のお勤めもまわり、木戸も定刻に閉めたが、そのほうが杢之助には充分に休むことができる。

疲れはとれ、木戸を開けるにもすがすがしさを感じた。

気分的なものもある。朝の喧騒のなかで、

「ねえねえ、杢さん。きょうは留守にしないですよねえ」

「そのためにきのうは、内藤新宿や御簞笥町を行ったり来たりしたんだ」

おミネが言ったのへ杢之助は返していた。

「おっ。そういやあ一坊が帰《けえ》って来るっての、きょうじゃねえか」

一緒に釣瓶《つるべ》の順番を待っていた松次郎が話に入り、

「こりゃあきょうの仕事、大木戸向こうじゃなく町内にするんだったなあ」

と、竹五郎も加わり、喧騒はしばらく太一の帰りが話題になった。

さらに仕事に出るときにも、

「きょうは早めに帰《けえ》ってくらあ」

「そのときまで一坊、いたらいいんだがなあ」

松次郎と竹五郎は木戸番小屋の前で言っていた。まだ太一が長屋にいて真吾の手習い処に通っていたころ、松次郎と竹五郎は太一に、

「――やい、一坊。おめえ、大きくなったら鋳掛屋になれ。いまからおじちゃんが仕込んでやるから」

「――いいや、羅宇屋になれ。子供のときから彫《ほり》のけいこをすりゃあ、けっこう稼げるようになるぞ」

などと、冗談とも本気ともつかぬ口調で言っていた。

そのたびに杢之助は、人に勧められる仕事をしている松次郎や竹五郎、それに大工や左官屋を、密かに羨《うらや》ましく思ったものである。

太一が包丁人の道を選んだのは、おミネが清次の居酒屋の手伝いをしているの

が影響したようだ。太一もよく調理場で、皿洗いの手伝いをしたものだった。

普段から軽やかなおミネの下駄の音が、きょうはいっそう軽やかだった。

おミネが仕事に出たあと、李之助もぶらりと街道に出て縁台に座った。

暖簾からおミネがすぐ湯飲みを載せた盆を手に出てきて、

「あの子、久しぶりに帰って来て、道に迷わないか見張っていてくださいねえ」

「あははは、なにを言っている。迷うはずなかろう」

李之助は笑いながら返したが、おミネは真剣だった。

街道の縁台で茶をすすりながら、李之助は人待ちに顔を西に東に向けていた。

太一が帰って来るといっても、仕事で市ケ谷の海幸屋に入ったついでなのだから時間は分からない。それに、李之助は実際に人待ちだった。

来た。西の大木戸のほうからだ。五、六人の一群でお店者風もおれば遊び人風もいる。与市の姿がそのなかにあった。一行は仲町の質屋と十一屋、上町のおシンを置いていた飲み屋のおやじと、五助が泊まっていた天龍寺門前町の木賃宿のあるじだ。差配は与市のようだ。

近づく一群を、李之助は目で迎えた。

与市は、きのうの大八車についていた利吉のように、清次の居酒屋の前まで来

るといくらか縁台に近づき、

「お見送りですかい」

「ま、そんなところだ。ご苦労さんに思うぜ」

「へえ。しっかりやって来まさあ」

言うとまた街道のながれに乗った。

他の証言者たちは、杢之助が源造と久左のつなぎ役になっていることを知らない。ちらと杢之助の方を見ただけで通り過ぎた。

それらの背を杢之助は目だけで見送った。

茂十に又八、弓六の三人は、いまごろ大番屋の牢内ですっかり観念していることだろう。そこへ証人がそろい、同心から駄目押しされれば、盗みの余罪はむろん五助の殺害まで吐くのは間違いないだろう。

居酒屋の暖簾が揺れ、

「さっきのが、内藤新宿のお人らで？」

「あゝ」

清次が顔を出したのへ杢之助は短く返し、またゆっくりと茶をすすった。

「それはよございやした」

言うと清次は横には座らず、暖簾から首を引いた。このあと杢之助が、街道に行き交う往来人や大八車などを見つめ、しばし感慨にふけるであろうことを予想したのだ。実際、そうだった。

江戸の一日はとっくに始まっているが、陽光はまだ朝日のおもむきを残している。そのなかに杢之助は、

（さあ、一坊。いつでも帰って来ねえ）

念じていた。

左門町にも向かいの麦ヤ横丁にも、もう慌ただしい動きはなく、まったくのいつもの平穏な日常に戻っているのだ。

杢之助の思いは、さらに前へ進まざるを得ない。

（儂はこの平穏な人間《じんかん》に、埋もれていたいのだ。だからなんだ……人知れず走らねばならないのもよう）

念じていると、

「あら、杢さん。きのうはここの旦那と一緒に大変だったんだってねえ。ほんとケガがなくってよかった」

「あゝ、儂はついて行っただけじゃったから」

顔見知りの町内のおかみさんが、声をかけてきたのへ杢之助は返した。街道から木戸に入るおかみさんの背を見送り、また視線を往来のながれに移そうとしたときだった。おかみさんと入れ代わるように、これもまた町内の隠居の顔がちらと見えた。

冬場など、ときおり杢之助の木戸番小屋が町内のご隠居衆のたまり場になることがあるが、そのお仲間の一人だ。

紙屋の隠居で町内では茂兵衛《もへえ》爺さんと呼ばれ、住まいは左門町と忍原横丁の中ほどにある棟割《むねわり》長屋で、息子夫婦が忍原横丁の通りに面した戸建《こだて》の商舗《みせ》を構えている。いわば棟割長屋の部屋は、茂兵衛の隠宅といったところだ。

その茂兵衛が木戸を街道に出るなり、そこへ顔を向けていた杢之助と視線が合い、そのときの挙措《きょそ》が、

（あっ）

と、驚いたように、身を引いたのだ。

茂兵衛ならそのまま出て来て、

『やあ、杢さん』

と、縁台の横に座ってもおかしくない。

（はて？）

李之助は首をかしげたが、

「まだ、見えない？」

と、またおミネが急須《きゅうす》を載せた盆を持って出て来たので、

「あゝ、まだのようだ」

李之助は返し、茂兵衛のことは、

（出かけるのに忘れ物でもして引き返したか）

と、感じた程度で、話題はおミネに合わせ太一となった。

平穏の復したなかに太一を迎えられる。李之助にとって、これほど安堵を覚えることはないのだ。

町内の隠居

一

「もうほんとうに、太一、市ケ谷に来ているんでしょうかねえ」

いらいらした口調でおミネが言ったのは、昼の書き入れ時が終わり、一息ついたころだった。

昼八ツ（およそ午後二時）の鐘が聞こえたときで、手習い処に通っているころなら、手習い帳をひらひらさせながら街道を横切り、

「――おじちゃーん」

と、木戸番小屋に飛び込んでくる時分だ。

太一が一年半ぶりに戻って来るというので、杢之助もおミネもついその気分になったか、軒端《のきば》の縁台に出ていた。二人とも視線を向けているのは向かいの麦ヤ

横丁ではなく、東の四ツ谷御門の方向である。往来人が行き交い、大八車や荷馬が土ぼこりを上げている。

杢之助は腰かけ、おミネは手に盆を持ったまま幾度も背伸びをしている。

「そりゃあ仕事の都合で、いつになるか分からんさ」

言いながら杢之助も腰を上げ、一緒に伸びをした。

（おっ）

と、目に入ったのは、午前の朝早くに茅場町の大番屋に向かった一行だった。与市の姿がある。

「さあ、ここで待っていても仕方ねえ。儂《わし》は木戸番小屋で待つことにするよ」

杢之助はおミネの持った盆に湯飲みを置き、

「そうですかあ」

と、頼りなげに言うおミネの声を背に、木戸番小屋に戻った。

腰高障子を開けたますます切れ畳に上がり、胡坐居《あぐらい》になってすぐだった。

与市が敷居をまたぐなり、

「木戸番さん、行って来やしたぜ」

「ふむ。で、どうだった」

「そりゃあもう、赤坂の質屋も来ておりやして。やつら三人、あっしらの顔もまともに見られず、役人にむりやり顔を上げられやしてねえ」

と、三和土《たたき》に立ったまま話しはじめた。

その場で茂十らは観念し、押込みの余罪をすべて話し、細工だけでまだ入っていないところは、赤坂の金貸しと市ケ谷の質屋の二軒だった。

「五助殺しは?」

「そこまではあっしら立ち会わせてもらえやせんでしたが、あれじゃなにもかも吐くのは時間の問題でさあ。おシンを雇っていた飲み屋のおやじが、茂十ら三人の面《つら》を覚えておりやしたからねえ」

概略を話し、早々に帰ろうとする与市を杢之助は呼びとめ、

「で、やつらに、痛めつけられたような、牢問《ろうとい》の跡はなかったかい」

「それはありやせんでした。髷《まげ》は崩れておりやしたが」

「ほう、それはなによりだ」

「ですがやつら、死罪は間違《まちげ》えありやせんぜ。源造親分もそのように」

「ふむ」

杢之助はうなずいた。

「それじゃあっしは、久左《うち》の親分も待っておりやしょうから」

　と、きびすを返した。

「ありがとうよ。久左親分によろしゅう」

　杢之助は木戸番小屋を出る与市の背を見送り、

（あの三人、てめえらの悪徳に気づこうともせず、憐れなやつらよ）

　思えて来た。同時に、心ノ臓がかすかに高鳴ったのを覚えた。だが、

（一坊はまだかなあ）

　思う心でそれは霧消した。さきにおもてで〝はて？〟と感じた紙屋の隠居茂兵衛への疑念も、意識の隅に追いやられたままである。

「おっ」

　聞こえた。軽やかだが急ぐような下駄の音……雪駄《せった》の音が重なっている。

（一坊だ！）

　杢之助は反射的に腰を上げた。与市と話しているあいだに帰って来たようだ。

　飲食の店では客足がなく、暇な時間帯である。しばし居酒屋の店場で清次と志乃からも迎えられ、それから木戸に走って来たのだろう。

「杢さん、杢さん！」

「杢のおじさーん」

おミネと太一の声が重なるなり、

「ただいまーっ」

太一が三和土に飛び込んで来た。

「おう、おうおう。大きゅうなったなあ」

杢之助はすり切れ畳の上へ膝立ちになった。十三歳の少年の一年半である。実際に大きくなっている。前髪の丁稚髷《でっちまげ》で単《ひとえ》の着物に品川浜屋の半纏《はんてん》を着けている。普段は前掛にたすき掛けなのだろう。歴とした老舗《しにせ》料理屋の見習いである。杢之助は瞬時その姿を想像し、

「おーう、おう」

また声を上げ、

「どうだ、もう包丁は持たせてもらっているか。冬場は手にあかぎれができただろう。さあ、これからまた冬場だ。品川は潮風が強いからなあ」

「うん、おじさん」

と、矢継ぎ早に訊《き》く杢之助に太一は一つ一つ応え、そこに杢之助はハタと気づいた。わらわ頭のときは手習い処から帰るなり〝杢のおじちゃーん〟と、木戸番

小屋に跳び込んでいた。だが、さきほど跳び込んだとき、所作に変わりはなかったが〝杢のおじさーん〟になっていた。大きな変化だ。

(他人の飯は大事だ。成長している)

杢之助は、まだ声変わりをしていない太一の話を聞きながら感じ取った。

横でおミネがもじもじしている。

「さあさあ、一坊。元気でよかった。おっ母アと話もあろう。長屋の部屋も懐かしかろう」

「さあ、太一」

杢之助が気を利かせたのへ、おミネは待っていたように太一の腕を取った。

「うん、おっ母さん」

太一は従った。三和土を出る二人の背に、杢之助はまた思った。以前は〝おっ母ア〟だった。いまはごく自然に〝おっ母さん〟と言っていたではないか。

(一坊、じゃねえ。太一、おめえ、もう一人前だぜ)

胸中につぶやいた。

太一はおミネに、品川での日常を話していることだろう。早朝の鮮魚の買い出し、厨房での包丁さばきに皿洗い、清掃等々と、太一は話すことが山ほどあり、おミネは部屋のすき間風から蒲団《ふとん》の厚さまで、なにもかも聞きたいだろう。

まだ半刻（およそ一時間）も経ていない。

「杢のおじさん、それじゃまた。こんどはいつ帰れるか分からないけど」

「もう帰るって言うんですよう」

二人そろってまた木戸番小屋に顔を出した。

「品川じゃ息をつける時間などほとんどないんだけど、市ケ谷はこの時刻は手が空くからと、ほんの半刻ばかり暇をもらって走って来たのさ」

「おぉお、そうかそうか。ありがたいことじゃ。女将《おかみ》と包丁頭《ほうちょうがしら》にちゃんと礼を言っとくんだぞ。さあ、それなら遅れちゃならねえ」

敷居の外から顔だけ入れて言う太一に、杢之助は言いながら三和土に下り下駄をつっかけた。

清次の居酒屋の前である。そろそろ夕の仕込みに入ろうかといった時分になっている。清次も志乃も街道に出てきた。

「さあ、しっかりな。包丁を覚えるんだぞ」

「はい」

〝うん〟ではない。清次が言ったのへ太一は応え、

「それじゃ、おっ母さん。また機会があったら顔を見せに来らぁ」

きびすを返し走り去る太一に、

「太一っ」

追いかけようとしたおミネの腕を、杢之助は強くつかまえた。

「いけねえ、おミネさん。海幸屋の女将さんも甘やかしなすった。いけねえ、これ以上はっ」

「でもーっ」

杢之助の言葉におミネは抗《あらが》い、

「そうですよ、おミネさん。わたしなど奉公に上がってからお店を辞めるまで、一度も親の顔は見られなかったのだから」

志乃が言ったのへ全身の力を抜いたが、まだ、せめて市ケ谷にいるうちは、ここから通いにとの思いを捨てきれない表情だった。

なにごとかと往来人がふり返り、人や荷馬のながれのなかに太一のうしろ姿が見えなくなるまで、

「さあ、仕事だ。夕の仕込みに入るぞ」

言う言葉を清次がひかえたのは、せめてものおミネへの温情だった。

夜、店が終わり木戸番小屋の外に軽やかな下駄の音が響いた。おミネは腰高障子をすこし開けて顔だけ入れ、

「海幸屋さんも、もう暖簾《のれん》を下げたかねえ」

「おそらくな」

それだけで下駄の音は長屋のほうへ遠ざかった。太一の長屋からの通いは、もうあきらめたようだ。

（それでいい。きょう顔を見られただけでも、ありがたいと思うんだぜ）

杢之助は念じた。

翌朝、長屋にいつもの喧騒のひとときが過ぎ、松次郎と竹五郎が、

「きょうも大木戸向こうだい」

と、威勢のいい声を木戸番小屋に入れ、つぎにおミネが軽やかな下駄の音を響かせ、

「それじゃ、仕事してきますね」

と、それだけで木戸を街道に出た。また未練がましく言うようだったら、厳しい言葉の一つも浴びせねばと、杢之助は思っていた。それがあっけないほどだっ

た。その下駄の音が遠ざかるのへ、杢之助は念じた。

（母一人、子一人……辛いだろうが、耐えるのが母親だぜ）

おミネの強がりが、杢之助には直截に伝わって来るのだった。

ふたたび木戸番小屋に一人となり、思われるのは太一のこともさりながら、やはり大番屋ですっかり観念し、明日の望みも失ったであろう茂十ら三人のことである。

三人のうち弓六は杢之助が足技を入れ、清次がすりこ木で打ち据えたのだ。茂十と又八は、金兵衛宅の裏庭で縄を打たれた姿を見ている。悪党のそうした姿を見るのは、あまり気分のいいものではない。

（おめえさんら、なんでだ。理由《わけ》も経緯《いきさつ》も知らねえが、自業自得と言っちゃ酷《こく》かなあ）

と、一人ひとりの顔が浮かんでくる。

杢之助が白雲一味に加わったというより、引き込まれたのは二十歳を過ぎたばかりのころだった。

親の顔も知らない孤児《みなしご》だったのが飛脚の親方に拾われ、それからの十数年間は充実していた。当然飛脚業に入り、仲間の誰よりも健脚を誇り、十代なかばにはすでに東海道を京まで走り、二十歳前後には五街道のすべてを踏破どころか幾度も往復していた。

それがあるとき、雨の日だった。夕立ちであったか不意の大雨で雨宿りの場所もなく、状箱を水びたしにしてしまった。

やがて雨は上がり、太陽が出て来た。

(——いけねえ。これじゃお客さまに申しわけが立たねえ)

と、杢之助は状箱を開け、一通一通を乾かした。濡れて封の切れているものもあり、文字の滲んでいるのもあった。それらを一枚一枚干したのだ。

江戸に入り一軒一軒に平身低頭、わけを話し許しを請うた。むろん文句は出たが、おおかたは赦《ゆる》してくれた。

だが、封が破れ便箋を一枚一枚広げて乾かした文もある。読んでいない。読みようがなかったのだ。文字を知らないからではない。飛脚屋なら走るだけでなく読み書きの訓練も受けている。読めなかったのは、それがわけの分からない符号ばかりだったからだ。

届け、わけを話した。

いきなり殴られ、縛り上げられた。

そこは盗賊の棲家《すみか》で、文《ふみ》は仲間からのものだったのだ。

杢之助は短刀を喉元に当てられ、殺されかけた。だが、救われる道もあった。健脚を惜しまれ、ここで命を落とすかこのまま仲間になるかの選択を迫られたのだ。答えは一つしかない。仲間になった。それが白雲の一味だったのだ。

盗賊の世界でも、機敏な所作とその迅速さに杢之助は頭角をあらわし、仲間のまとめ役にもなり、やがて副将格となった。犯さず、殺さず、根こそぎ奪わず、その鮮やかさは関東一円の評判となり恐れられた。

それがぱたりと消息を絶ってから、杢之助の苦悩は始まったのだ。

（おめえさんら、気づく機会もなかったのかい）

ふと、捕まえた三人組に同情の念が湧いてくる。

同時に、

（いまごろ大番屋の牢で、なに思っていやがる）

知りたくもなってきた。

御箪笥町に行って源造に訊けば、その一端なりとも分かるかもしれない。

だが、上げかけた腰を、

（いかん）

もとに戻した。源造にはむろん、周囲に対しても杢之助は、野次馬よろしく、単に麦ヤ横丁へ走っただけになっているのだ。疑惑を持たれるような積極さは、ひかえねばならない。

二

源造のほうから左門町に来たのは、その日の昼めし時がそろそろ終わろうかというころだった。清次の居酒屋で腹ごしらえをし、昼間だというのにいくらか酒が入っていた。腰高障子を勢いよく開け、

「おう、バンモク、いるか」

と、三和土に入るなり自分ですり切れ畳の荒物を押しのけ、

「なにもかもとんとん拍子よ」

言いながら片方の足をもう片方の膝に乗せ、杢之助のほうへ身をねじった。

「機嫌よさそうじゃねえか。大番屋の吟味、うまく行っているようだな」

「うまくもなにも、さっき言ったとおり、とんとんと進んでよ。きのうみてえに証人がぞろりとそろったんじゃ、いかな悪党でもいちころよ。同心の旦那方

も、かようなことは滅多にねえ、と。もちろん俺も赤坂の伊市郎をせっついてよ。宿《しゅく》の久左どんによろしゅう言っといてくんねえ。借りはそのうち返《けえ》させてもらうからってよう」

源造はだみ声で眉をひくひくさせながら得々と語り、

「それによ、俺が縄張内《しまうち》の市ケ谷八幡町を駈けずりまわったのにも、やつらすっかり観念しやがってよ」

と、つづけた。

「あの雨の日よ、訊いてまわりゃあ、争う物音を聞いたとか、急ぐ足音があったとか、笠も蓑《みの》も着けずに走っている姿を見たとかいうのがけっこういてよ。それらをつなぎ合わせたのが、つまりやつらの足取りよ。おシンを殺《や》った五助を始末し、お濠に投げ込みやがったのも、やっぱりやつらよ。すっかり嘔吐《げろ》しやがってなあ」

「ほう、理由《わけ》も吐いたかい」

ひときわ大きく眉毛を上下させた源造に、杢之助はひと膝まえにすり出た。そこも杢之助は、知りたかったのだ。

「あはは。男も女もドジなやつらよ。指物師の五助はてめえの腕におぼれて、おシンに騙されているとも気づかず盗っ人の肩入れよ。そこで恐くなって一緒に逃げようなどとおシンに持ちかけたってんだからおめでたい話さ。断られて五助はおシンをブスリ。逃げたが雨の中で茂十らに捉《つか》まってなぶり殺しよ。悪党の末路たあ、おおかたこんなもんだが、虚《むな》しいぜ」

「あゝ」

杢之助はため息のように返し、

「で、三人は結局どうなる」

「決まってらあ。川越あたりに遁走《とんずら》しようと、これまでに盗んだお宝をふところに三人合わせて七十両だ。七人の首が飛ぶのと同額だぜ。それに殺しが加わっているとなりゃあ、磔刑《はりつけ》にさらし首か、よくてご牢内の土壇場《どたんば》で打ち首だろうよ。同心の旦那もそのように付記した御留書《おとどめがき》を、きょう午後には書き終わり、与力の旦那に提出するって言ってなすった。もちろんやつらの身柄は小伝馬町さ。お白洲《しらす》は四、五日さきになるらしい。磔刑か打ち首か、どっちにしろ胴体は試し斬りの大根《でえこん》よ。憐れなもんさ」

外は晴れているが、内は先日の雨の日か、いくらか湿っぽくなった。

「刑はお白洲のあと、すぐだな」

「そういうことだ。おめえにも宿《しゅく》とのつなぎで世話になったぜ。さあ、金兵衛さんと榊原の旦那にも知らせなきゃあ」

と、源造は足を元に戻し、腰を上げた。

引き開けた腰高障子をそのままに、源造の雪駄の音が街道のほうへ遠ざかり、

「ふーっ」

杢之助は大きく息をついた。事件は内藤新宿から市ケ谷、赤坂に及ぶ広範囲なものだったが、近辺に役人が来るのは麦ヤ横丁と伝馬町だけとなり、奉行所の同心が源造の案内で左門町まで来ることもなければ、杢之助が直接なにかを訊かれることもなかった。

お白洲でも、証人として奉行所に呼ばれるのは金兵衛と榊原真吾だけで、現場に走っただけの杢之助や、たまたますりこ木を揮《ふる》っただけの清次が呼ばれることはないだろう。源造の指示で伝馬町の書役が記した控え帳にも、左門町の木戸番人は出て来ず、清次も〝近所の住人が〟と記されただけなのだ。

「あーぁ、源造さん。また開け放したまま行きおった」

つぶやき、三和土に下りようとしたとたん、けたたましい下駄の音が響いた。飲食の店が、ちょうど暇な時間帯に入ったところだ。もちろん、一膳飯屋のかみ

さんである。

「杢さん、杢さん。さっき来たの、源造親分だよねえ」

敷居をひとっ跳びに三和土に立った。

「あゝ、そうだ。上機嫌だったよ」

杢之助にとって、一膳飯屋のかみさんに話すのは、一件落着の区切りにもなる。

「ねえねえ、どうなった、どうなった。あの三人組の盗っ人たちさあ」

と、源造の座っていたすり切れ畳に小太りの腰を据え、杢之助のほうへ身をねじった。

「死罪は間違《まちげ》えねえって、源造さんが」

「えぇぇえ！」

驚くかみさんに杢之助は、きのうの内藤新宿の証人やさっき源造の語ったことなど、できるだけ詳しく話した。

「えぇぇぇ、市ケ谷で殺しまで!? そりゃあ獄門（さらし首）だわさ。あたしゃ金兵衛さんとこに入ろうとしたコソ泥くらいにしか思ってなかったよ。くわばらくわばら」

かみさんは腰を据えたまま、まんざらでもなさそうに身をぶるると震わせ、

「で、三人の出はどこなのさ」

と、一膳飯屋のかみさんならずとも、獄門首が出るとなると江戸の町衆のあいだでは、それがささやかれることになる。

罪人が江戸より西の出の者なら刑場は品川の鈴ケ森《すずがもり》となり、東の者なら千住《せんじゅ》の小塚原《こづかっぱら》となる。刑場もそれぞれ東海道と日光・奥州街道に面しており、処刑の日には見物人が集まり、獄門首がさらされているあいだも、竹矢来《たけやらい》越しに見物人があとを絶たない。

「なんでも三人とも武州川越に関わりがあるらしいよ。そこの出かどうかは知らないが」

「なあんだ。だったら千住の小塚原か……残念、残念」

遠くて見に行けないというのだが、品川だってふらっと行けるような距離ではない。

「獄門首は見せしめのためだよ。ホトケになってからも見世物にされたんじゃ、浮かばれないよ」

「そりゃあそうだけど、見せしめならそこの大木戸にもあるけど、一度実物が見てみたいねえ」

なかば戦慄《せんりつ》を覚えるような表情で言いながら、かみさんは腰を上げた。

四ツ谷大木戸の木戸はすでに取り払われて往来勝手となっているが、石垣の江戸府内側に、かつて役人たちが常駐した番屋が無人のまま残っている。

その番屋の前の広場がいまは高札場《こうさつば》になっているのだが、昼間は番屋の雨戸が開けられ、中が見えるようになっている。この番屋は自身番とおなじで、差配は奉行所だが管理は町に委《ゆだ》ねられており、塩町がそれに当たっている。いまから四十四年前の寛政《かんせい》四年（一七九二）に四ツ谷大木戸が廃止になるとき、奉行所は塩町の町役《ちょうやく》たちに命じた。

――此《こ》の番屋は町の所有なるも、突棒《つくぼう》、刺股《さすまた》、錑《もじり》等を飾り置くべし

それがいまも護られている。無人の番屋となっても、甲州街道を経て江戸に入る者への威嚇《いかく》である。杢之助も太一が幼かったころ、

「――悪戯《わるさ》をすれば、あれでひっぱたかれるのだぞ」

と、戒《いまし》めたものである。太一は杢之助にしがみついていた。

腰を上げた一膳飯屋のかみさんは、

「殺しまでくっついている、こんな大きな事件だとは知らなかった。早くみんなに知らせなくっちゃ」

と、急ぐように敷居を外へまたぎかけた。源造が来た直後に事件の全容を聞くなど、町のことなら知らないものはないという一膳飯屋のかみさんにとって、面目躍如《やくじょ》たるものがある。内容はこれからまたたく間に、近隣の町々に広がることだろう。同時にそれは、奉行所の御留書に記された内容とおなじであるはずだ。

（このかみさんなら）

杢之助はふと思った。茂兵衛のことだ。一段落がつき、それが思考の範囲内に戻って来たのだ。

「あ、ちょいとおかみさん」

「えっ、まだなにか？」

杢之助のほうから一膳飯屋のかみさんを呼びとめるなど、珍しいことだ。期待を持つようにかみさんはふり返った。

「金兵衛旦那とこの事件とは関係ねえんだが」

「なにさ、早く」

「ほれ、忍原《おしはら》寄りの、五軒長屋の茂兵衛爺さんのことだが」

「えっ、あの紙屋のご隠居の。やっぱり杢さんも感じてたかね」

と、言い終わらないうちに反応を示した。やはり、なにかあるようだ。

「で、杢さんは茂兵衛爺さんになにか、ねえ、なにをどのように？」

かみさんは外に出していた片足をまた敷居の中に入れ、問い返した。

「なにをどのようにって、そんな具体的なことじゃないんだが、ついきのうだ。道で会うと、まるで避けるようにきびすを返し、ま、長屋に忘れ物でもしたのかもしれないが、いつもの茂兵衛さんとは違っていたので。ただそれだけさ」

「そうなの、実はあたしもさ」

かみさんは一歩すり切れ畳に近づき、

「おとといだったか、あたしも店の前で会ったのさ。よく来るものだから、それで声をかけようとすると顔をそむけ、まるであたしを避けるように帰ってしまったのさ。呼びとめたんだけど、そのまま行ってしまったんだよう」

さらにまた座る態勢になり、

「それも逃げるようにさ。なんだか気になって。でも、すぐ金兵衛さんとこの事件だろう。そっちのほうが気になって、いま言われて思い出したよ」

と、やはり座り込み、杢之助のほうへ身をねじっていた。

「ねえ、杢さんのときのようす、詳しく教えておくれよ。なんだか心配だよ」

「ふむ」

杢之助はうなずいた。

二人は似ている。金兵衛の質屋はすぐお向かいさんだが自分たちの町内ではない。まして殺しであってもそれは市ケ谷で遠い。話の種にはなるが、卑近な問題ではない。だが左門町の住人のことになると、いかに日常と異なる些細な変化でも、遠くの殺しや盗賊よりも気になるのだ。

「そうそう、こんなことしちゃおれない。さっきの話、みんなに知らせてやらなきゃ」

かみさんはふたたび腰を上げ、外から腰高障子を閉めながら、

「茂兵衛爺さんのこと、なにか分かったら教えておくれよねえ」

「あゝ、おかみさんもなあ。それまでは口外無用だぜ」

「あいな、あたしと杢さんの秘密、秘密」

腰高障子は閉まった。

あらためてすり切れ畳の上に一人となり、

（あの三人組、もう小伝馬町の牢に移されているかなあ）

その思いに、

（紙屋の隠居、いったいどうしたというのだろう）

と、胸中に交差していた。一膳飯屋のかみさんに話してから、いっそう気になり始めたのだ。

李之助はきのう、木戸のところで茂兵衛が〝逃げるように〟感じた。一膳飯屋のかみさんも、まだなにもつかんでいないようだが、確かに〝そのとき、逃げるように〟と言っていた。共通しているではないか。

その夜、清次がゆったりとした表情で、

「疲れていなさろうが」

と、熱燗の入ったチロリを持って来た。さっきおミネが〝お休み〟と言っただけで、太一のことは触れずに長屋へ帰ったばかりだ。

あたりは静まり返り、街道にも提灯がときおり揺れるのみとなっている。二人のあいだでひとしきり三人組が話題になり、

「ところでなあ」

と、李之助は茂兵衛の話を切り出した。

「あゝ、あの紙屋のご隠居ですかい」

と、清次も茂兵衛をよく知っていた。ときおり食事に来るらしい。

一膳飯屋のかみさんと、〝逃げるように〟と見方がまったく一致していることを話した。

「あははは。せっかく大きな一件がかたづいたというのに、それこそいつもの取り越し苦労ですぜ」

「いや、そんなんじゃねえんだ」

と、清次は笑ったが、杢之助は真剣な表情だった。

「些細なことでもいい。きっと茂兵衛さん、なにか悩み事があるに違えねえ」

「そりゃあ、そうかもしれやせんが」

「そこよ。ほれ、まえにも言ったろう、夢の話よ」

「あゝ、女が左門町の通りに入って来て殺されたって、あれですかい」

「そうだ。儂は他人のことなどどうでもいい、てめえの身のことしか考えちゃいなかった、と」

「そう言っておいでやしたねえ」

「それじゃいかん。だからよう、茂兵衛さんの悩みを聞き出し、儂にできることなら、なんとか力になってやりてえ……と、そう思ってよう」

「杢之助さん……」

清次は油皿の淡い灯りのなかに、杢之助の顔を見つめたが、やはり言った。

「それをおミネさんが聞きゃあ、きっと言いやすぜ。お節介が過ぎますって」

「かもしれねえが、志乃さんにも言って、気をつけるだけはつけておいてくんねえ」

「へえ、まあ、気をつけてはおきやすが」

二人は同時にぬる燗になった湯飲みを干した。

三

つぎの日、気になる動きも変化もなかった。ただ、松次郎と竹五郎がこの日も内藤新宿に出かけ、夕刻近くに帰って来ると、

「へへん、ええ評判だぜ。仲町に押し入ったのが下町を根城にしていたやつらで、市ケ谷で殺されたのが上町の女だとか。話はこんがらがっちゃいるが、それを麦ヤ横丁で押さえなすったのが榊原の旦那ときた日にゃあ、こちとらも鼻が高《たけ》えや、なあ竹よ」

「そう。それらをあばきなすったのが仲町の久左親分だったということで、上町

の店頭《たながしら》も下町も、もう久左親分に頭が上がらねえのじゃないかって、もっぱらの評判さ」

話すといつものように湯屋へ急いだ。またその背を見送りながら、

（久左どん、うまくやりなすった。これで、内藤新宿の大親分の地位を固めなすったことだろう）

杢之助は思ったものだ。

その翌日も、通りで一膳飯屋のかみさんと会ったが、

「おかしいよう。あのご隠居、二日置きくらいには店《うち》に来ていたのに、きのうもきょうも来ないんだよ」

と言うだけで、新たな動きはなかった。杢之助も、木戸での挙措《きょそ》をみように感じて以来、茂兵衛の姿を見ていない。

（そこがおかしい）

と、それが杢之助には気になった。

そのまた翌日である。昼時分だった。木戸番小屋からふらりと通りに出ると、一膳飯屋の前に茂兵衛のいるのが見えた。

（おっ）

と、さりげなく見ていると、茂兵衛はためらいがちに一膳飯屋の暖簾の中をのぞき、入るのをやめたか木戸のほうへゆっくりと歩きはじめた。

李之助は木戸番小屋に戻り、腰高障子を開けたますり切れ畳に座ってさりげなく、

(ここへ来るかな。飯屋が満席だったので、おもての居酒屋に行くのかな)

思いながら、視線に茂兵衛を収めつづけた。

近づいた。

腰高障子の開いている木戸番小屋を、避けるように街道へ出た。

(はて、面妖《めんよう》な)

と、すぐ下駄をつっかけ、外に出た。あとを追うと、清次の居酒屋に入った。

(やはり、一膳飯屋が満席だったので、おもての居酒屋に変えただけか)

思いもした。居酒屋といっても、昼間はめし屋と変わりがない。通りのなかほどの一膳飯屋は場所柄、町内の顔見知りの常連客が多く、街道の清次の居酒屋はこれも場所柄、馬子や駕籠《かご》舁き、大八車の人足など一見《いちげん》の客が多い。

だが一応、自分も入って自然のかたちで茂兵衛と相席しようかと思ったとき、麦ヤ横丁の通りから出てきた真吾が目に入った。百日髷《ひゃくにちまげ》で町にふらりと出るとき、

袴は着けているが丸腰であり、いまもそうだった。

（あっ）

と、思った。

が、飛び出し、衆目のなかに必殺の足技を披露するわけにはいかない。

（ううっ）

と、動きかけた足を抑《おさ》えたが、さいわい真吾も気づいたようだ。

真吾のななめ前に大きな風呂敷包みを背負った行商人が歩いていた。うしろから速足で近づいた遊び人風の男が風呂敷包みにぶつかり、行商人はつんのめるように足をもつらせ、前から来た男とぶつかった。

「おっと、気をつけなせえ」

男が言った瞬間だった。行商人のふところから巾着《きんちゃく》を掏《す》り盗った。それも紐を剃刀《かみそり》で切っての早業だった。杢之助の見守るなか、

「おい、おまえ。待て」

真吾はうしろから風呂敷包みにぶつかった男の腕をつかんだ。

前からぶつかった男は、風呂敷包みにぶつかった男へ瞬時に巾着を渡したのだ。

「掏摸《すり》だ、掏摸だーっ」

通りの反対側から杢之助は叫んだ。前からぶつかった男が逃げ出し、

「なにーっ、掏摸だとーっ」

往来人がそやつを追いかけはじめた。街道は騒然となり、周囲の目は逃げる男に集中した。

真吾は一方、受け取った男の腕をねじ上げ、巾着を取り上げていた。

「あっ、そ、それ。わ、わたしの巾着ですうっ」

行商人はふところに手をあて叫んだ。

逃げた男は大八車の人足が車をぶつけて捕まえた。男はおそらく、

『俺が掏《す》ったとでも言うのかい！』

と啖呵を切り、衆目のなかで帯をほどいて見せ、

『さきを急いでいただけだぜ。さあ、どうしてくれるうっ』

などとシラをきるつもりだったのだろう。だが、杢之助は叫んだだけだが、受け取った仲間を押さえたのが手習い処の師匠では、もう言い逃れはできない。二人組の掏摸は、

「さあ、こやつらを伝馬町の自身番へ」

と、真吾の差配で野次馬たちに小《こ》突《づ》かれながら、すぐそこの左門町の木戸番小

屋ではなく、すこし先の伝馬町の自身番に引かれて行った。真吾は気を利かせたのだが、伝馬町の自身番では、

『またですかア』

と、目を丸くすることだろう。

清次の居酒屋でめしを喰っていた客たちも、外に飛び出していた。茂兵衛もそのなかにいた。清次も志乃もおミネも出てきている。

「さすがは手習い処のお師匠ねえ。頼もしい」

「榊原さまの前でやるたあ、頓馬《とんま》な掏摸だぜ」

野次馬たちの言っているのが聞こえる。

居酒屋で昼めし途中だった客たちは店の中に戻った。一見の客でも、そのまま立ち去るような不心得者はいない。

杢之助も居酒屋の暖簾をくぐり、さりげなく茂兵衛と相席になった。隅の飯台で、そこに茂兵衛が一人だったのはさいわいだった。他の飯台では当然、話題はさっきの掏摸となり、おミネが誇らしげに、

「あのお方、この町の手習い処のお師匠さんで、このまえも盗賊を捕まえなさったんですよ」

「えっ、質屋へ入《へえ》った盗っ人を捕まえたってえのは、あのご浪人かい」

「だったら、もっとよく顔を拝んどくんだったなあ」

などと話している。

茂兵衛は黙って杢之助から目をそらせている。さっき木戸番小屋を避けているように感じたのも、決して気のせいからではない。明らかに、いつもの茂兵衛と異なる。杢之助は話しかけた。話題はやはり掏摸だ。

「巾着切《きんちゃっきり》って、聞くところによりゃあ、捕まるのが一回目なら入墨《いれずみ》、二回目で江戸所払《ところばら》い。十両抜こうが、百両切り盗ろうがですよ。ところが三回目に捕まりゃあ、たとえ十文、二十文だろうと、間違いなく死罪だそうだぜ」

「えっ、十文、二十文で死罪！　死罪は、十両からじゃねえので？」

「あははは。そりゃあ盗っ人の場合でさあ」

茂兵衛は箸の動きをとめた。しかも顔が蒼ざめて見えたのも、先入観や屋内の明かりの加減からなどではない。

杢之助は話題を変えた。

真吾は清次の居酒屋に来なかった。伝馬町の自身番につき添い、その近くですませたのだろう。自身番からは町の若い者が町役に言われ、御簞笥町の小間物屋に走ったことだろう。自身番では、一刻も早く大番屋に引き渡したいところだ。

杢之助は、木戸番小屋のすり切れ畳に、ふたたび一人となった。

けたたましい下駄の音だ。飲食の店では、そろそろ昼の書き入れ時が終わる時分だ。下駄には、待ちかねていたような響きがある。

「杢さんっ、また榊原さまがお手柄だって!?」

かみさんは腰高障子を引き開け、三和土に飛び込むなり言った。杢之助には、さきほど茂兵衛が一膳飯屋をのぞいた、そのときの中のようすを訊きたい思いがある。すり切れ畳の上の荒物を押しのけ、かみさんに手で示した。

「あらあ。座をつくってくれるなんて、珍しい」

言いながらかみさんは小太りの腰をすり切れ畳に据え、身をねじった。

「あゝ、二人組の掏摸さ。儂もたまたま居酒屋の前に出ていて、つい大声で叫んじまったよ」

「えっ、杢さん。その瞬間を見ていたのだ。どうだった、どうだった」

かみさんはすり切れ畳の上に身をせり出した。

「さすがは榊原さまさ。瞬時に……」

杢之助はようすを詳しく話し、

「結局、儂は金兵衛さんとこに盗っ人が入《へえ》ったときみてえに、突っ立って見ているだけになっちまったがなあ」

「それでいいのさ、李さんは。その歳で走ってごらんな。とたんに足腰が立たなくなってしまうよ。あはは」

締めくくるように言った李之助に、一膳飯屋のかみさんは笑いながら返した。

李之助は話をつづけた。

「そのときなあ、茂兵衛爺さんも一緒に見ていたよ」

「えっ。茂兵衛さん、出てきていたの!?」

驚くかみさんに、茂兵衛が一膳飯屋をちょいとのぞいたことを話すと、

「気がつかなかったけど、おかしいよ。大入りなんかじゃない。空いていたよ。それに来ていたお客さんはみんな、茂兵衛さんの顔見知りばかりだったのに。それでのぞいただけで帰ったなんて。で、清次旦那のところはどうだったのさ」

「あゝ、こっちも満員じゃなく、お客さんは一見《いちげん》の知らねえ馬子や大八の人足さんばかりだったよ」

李之助は話し、自分の言葉にアッと気づいた。茂兵衛は知った顔と出会うのを避けようとしている。とくに李之助とは……。もちろん李之助はそれを顔にも言

葉にも出さず、

「ともかくあのご隠居、なにか悩み事があるのは確かなようだ。もとどおりの話好きな父《とっ》つぁんに戻るまで、他人に話すんじゃないよ。いまのところ、気づいているのは儂とあんただけのようだから」

「分かってますよう、そんなこと。でも、心配だよう。なにか分かったら知らせるからさ、杢さんも知らせておくれよね」

いかにも心配げに言うと、

「あ、こうしちゃいられない。その掏摸たち、もう大番屋へ引かれたかな」

腰を上げ、急ぐように外から腰高障子を閉めた。下駄の音が、街道のほうへ遠ざかった。また伝馬町の自身番まで見に行くようだ。

四

杢之助はまた一人になり、

「う――む」

考え込んだ。尋常ではない。わけても、清次の居酒屋で見せた反応である。掏摸が捕まれば、三度目には十文、二十文でも死罪になるという段で、茂兵衛は蒼ざめた。

（まさか、身に覚えが……ぶるるる）

顔を横にふり、即座に打ち消した。だが、一連の茂兵衛の挙措を思い起こせば、打ち消してもさまざまな原因が想定されてくる。

掏摸は、若くて動作機敏でなければできない。ならば、

（盗み……）

それもすぐに否定した。そのようなことをするというより、できる爺さんじゃない。それなら、長屋の床下にでもなにか隠しているものが……。市ケ谷で殺しが二件もあったあとだ。一瞬、脳裡をかすめた。だとしたら、茂兵衛が憐れだ。

杢之助は腰を上げ、街道に出た。

清次の居酒屋に寄り、

「ちょっと伝馬町の自身番を見てくらあ。おミネさんに留守番を頼むよ」

「留守居はいいけど、また杢さんお節介なことを。さっきは叫んだだけでよかったけど」

おミネはあきれ顔になった。

清次は、調理場から顔を出していた。杢之助がわざわざ伝馬町の自身番に行くはずのないことは分かっている。さきほど、隅の飯台で茂兵衛と意味ありげに話していたのに気づいている。

外に出た杢之助は東に歩を取り、すぐ南への枝道に入った。清次の予想したとおり、左門町と忍原横丁のあいだにある茂兵衛の長屋である。

だがその前に杢之助の足は、忍原横丁の紙屋に向かった。茂兵衛の実家だ。

杢之助が、

「やあ、精が出ますなあ。忍原の木戸番に用があったついでに、散歩がてら前を通りましたもので」

と、ふらりと商舗《みせ》に顔を入れるとおかみさんがいて、

「あれえ、左門町の木戸番さん。このまえは麦ヤ横丁で大変だったんですってねえ。でも、ケガもなくってよかった」

と、かなり大げさに言う。思ったとおりのうわさがながれているようだ。

「やあ、左門町にはうちの親爺《おやじ》がお世話になっておりやすが、迷惑などかけていないでやしょうなあ」

と、亭主も出て来た。茂兵衛のせがれとその嫁である。街道の掏摸の話はまだ

伝わっていないようだ。

「なあに、迷惑などと。きょうも昼めしで清次旦那の居酒屋さんで会いましたじゃよ。こちらにもよくお帰りなんでござんしょうなあ」

と、そのようすを探りに来たのだ。

せがれは言った。

「あはは。親爺は自儘《じまま》に暮らすのが夢でしてなあ、もっと遠くに隠居部屋を借りたかったようだが、目のとどく範囲にと左門町の長屋に空き部屋を見つけてやったのでさあ。そのほうが俺も安心できるし」

「おまえさん、きょうでも夕飯、呼びに行ってみましょうかねえ」

「あはは、よせよせ。親爺はそう世話を焼かれるのを嫌がる性質《たち》なんだから」

嫁が言ったのへ、せがれである亭主は返した。そこにくぐもったところなど、微塵《みじん》も感じられない。理想的な親子ではないか。

お客が来た。

「それじゃ儂はこれで」

「あらあら、お構いもしませず、お父《とっ》つぁんをよろしゅう頼みますねえ」

と、嫁……。

李之助は紙屋をあとにした。

実家に変わったところはない。というより、なにも気づいていない。

（茂兵衛さん、いってえ何をやりなすった）

ますます捨てておけない気持ちになり、茂兵衛の長屋への脇道に入った。足取りは心なしか重かった。

長屋の路地に入った。茂兵衛の部屋が、一番手前であることは聞いて知っている。腰高障子は閉まっているが、中に人のいる気配はある。

「茂兵衛さん、儂じゃ。左門町の木戸番じゃよ」

言いながら腰高障子に手をかけ、引いた。九尺二間の棟割《むねわり》長屋だから、間取りは木戸番小屋とほぼおなじだ。老人の一人暮らしにしては、部屋は小ざっぱりとし、そこも李之助の木戸番小屋と似ている。

茂兵衛は寝ころがっていた。李之助がうしろ手で腰高障子を閉めると、

「木戸番さんが、なに、なにしに来なすった」

いくらか慌てたように上体を起こした。

「なあに、用があって来たわけじゃねえ。忍原の木戸番にちょいと用事があったついでに寄ったまでできあ。きょうの昼は、掏摸騒ぎで大変でやしたねえ」

と、杢之助は勧められもしないのに畳へ腰を据えた。

茂兵衛は無言だった。

素早く、三和土や畳の具合に視線を走らせた。どこにも最近手を加えたようなあとはない。

上体を奥のほうへよじり、

「昼めしの居酒屋で茂兵衛さん、掏摸の罰の話をしたとき、すごく気にしなすったようすだったねえ」

と、杢之助は茂兵衛の顔をじろりと見た。

「な、なにを木戸番さん。わしはただ……」

「ただ……？　茂兵衛さん、儂の取り越し苦労なら勘弁してくだせえ。おまえさん、なにか悩み事でも抱えていなさるんじゃござんせんかい。せがれさんにも言えねえような。さっき忍原の紙屋さんの前を通りやしたが、商売繁盛のようで、せがれさんも嫁さんも、元気においでやしたぜ」

「い、行ったのか」

茂兵衛の顔が歪《ゆが》んだ。

杢之助はつづけた。

「悩み事がありゃあ、一人でしまっておくのはよくねえ。親族には言えねえが、他人になら言えるってえこともありやしょう。もしあるなら、話してみやせんか。知っておいででやしょう。儂の木戸番小屋にゃ、町内のご隠居やおかみさん連中がよく来なすって、愚痴《ぐち》の吐き場所のようになっていまさあ。どなたも吐くだけ吐くと、みょうなたとえでやすがヘドみてえに、あとはすっきりしてお帰りになりまさあ。ま、それをちょいと言いたくて、寄らせてもらっただけでさあ」

言うと、茂兵衛の反応を看《み》ながら、ゆっくりと腰を上げた。

茂兵衛はかすかにうめき、なにやら言いたそうなようすに見える。

だが、ダメ押しはしなかった。茂兵衛がどのような〝悩み〟を抱えているのか、いまのところまだ想像の域を出ない。場合によっては、茂兵衛が重大な決意をしなければならないことかもしれない。杢之助は、それを待つことにした。

外から、長屋の腰高障子を閉めた。

木戸番小屋に戻ると、

「もうそろそろお帰りかと、さっきおミネさんと交替したばかりでさあ」

と、待っていたのは清次だった。杢之助の〝お節介〟が、気になるようだ。

「そうか」

と、杢之助はすり切れ畳に上がり、経緯を話した。

聞いた清次は、

「そうですかい。あっしも気にはなりやすが、深入りはしねえでくだせえ。あ、そろそろ夕の仕込みにかからなきゃなりやせんので」

と、腰を上げた。

清次の気配が街道のほうへ消えるのと、ほとんど入れ替わるようにであった。

新たな気配がまた、腰高障子の外に立った。

(茂兵衛さん！)

杢之助は直感した。

五

「木戸番さん」

と、ひかえめな声はまさしく茂兵衛のもので、予想以上に早い〝決断〟をしたようだ。

「入りなせえ」

　杢之助は腰を浮かせ、すり切れ畳の荒物を脇へ押しのけた。

　腰高障子に音を立て、茂兵衛はゆっくりと敷居をまたぎ、うしろ手で閉めた。幾筋《いくすじ》もの皺《しわ》を刻《きざ》んだその表情は、さきほどの警戒と反発を含んだものから、まだいくらかの迷いを刷《は》いたものへと変わっていた。

　杢之助は語りかけた。

「さきほどは儂のほうからおしかけ、失礼をいたしやした。さあ、似たような部屋だ。座りなせえ」

「あゝ」

　示されるまま、茂兵衛はすり切れ畳にそっと腰を下ろし、

「つい、来てしまいましたじゃ」

　と、奥の杢之助のほうへ身をねじった。

　茂兵衛がなにを話しだすか、杢之助は心ノ臓が徐々に高鳴るのを覚えた。

　茂兵衛の口調はひかえめだった。

「忍原の商舗にいたときから、左門町の木戸番さんのうわさは聞いておりましたじゃよ。ここにはいろんな悩み事や揉め事が持ち込まれ、ほれ、さっきあんたが

言った、帰《けえ》るときにはすっきりと……」

「そのとおりでさあ」

杢之助は誘うように、視線を茂兵衛に据えた。

茂兵衛は杢之助から目をそらせ、

「さっき手習い処のお師匠が捕まえなすった二人、どうなったかねえ」

「あゝ、あれですかい。源造さんが来て、いまごろはもう茅場町の大番屋に引かれて行ったのじゃねえかなあ。そうでなきゃあ、あんなのをいつまでも自身番に留め置いたんじゃ、伝馬町のお人らがえれえ迷惑しなさらあ」

「もっとも」

と、茂兵衛の口元がゆるんだ。町の仕組を、町役ではないが自身番の維持費を出していた一人だからよく知っている。ふたたび杢之助に視線を向け、

「じゃが、あれがもし三回目だったら、巾着の中味に関わらず死罪とは……」

「そりゃあ茂兵衛さん、掏摸が三回捕まるとは、そのあいだに百回も二百回も他人さまの巾着を切っているってことですぜ。額にすりゃあ、首が飛ぶ十両はとっくに超えていまさあ」

「そ、そりゃあそうだろうが」

茂兵衛はまた杢之助から視線をはずし、

「こんなのはどうだろう。拾った……それをつい、自身番に届けるのを忘れた。落とした人は、困っていなさろうが」

「拾った？　巾着をですかい。で、どこで、いくら入《へえ》っていたので？」

「お岩稲荷《いわいなり》の境内《けいだい》で、中身は一分金や二朱金などで一両三分二朱……い、いや、これはたとえの話で、もし、そんなことがあったならどうなるのかと……ふと、そう思って……」

その返答に、杢之助は解し、拍子抜けするよりも嬉しくなった。

茂兵衛は確かに拾ったのだろう。お岩稲荷といえば左門町と忍原横丁の境になる往還に鳥居が立ち、奥の忍原横丁の自身番のすぐ近くだ。松次郎がよく境内を借り、大きな銀杏《いちょう》の木の下でふいごを踏んでいる。

一両三分二朱とは半端《はんぱ》な額だか、それだけ落とした者の生活が感じられる。大事な金で、決して金のあり余っている分限者が落としたものではないだろう。それは大工や左官や、松次郎や竹五郎たちの、一月分《ひとつき》の稼ぎに近い額だ。それを巾着ごと拾った。その足ですぐ近くの自身番に届ければよかったのだが、つい魔が差したか夕暮れ時であしたにしようと思ったか、持ち帰ってしまった。

一日経れば、それだけ届け出にくくなる。それが二日、三日……と、そのあいだ、茂兵衛は悩み、

（見ていた者がいないだろうか）

怯《おび》えつづけ、だから顔見知りの多い一膳飯屋に行けず、見知らぬ客が多いおもての居酒屋に行ったのだろう。真吾と往来人に取り押さえられ、自身番に引かれる掏摸の姿に、茂兵衛は凍《い》てついていたのかもしれない。きのうもおとといも、夜には、

（六尺棒の捕方が、踏み込んで来るのではないか）

風の音にもビクリとしていたのではないだろうか。

これほど真正直な男がいようか。思わず杢之助は、

『茂兵衛さん、あんたっていう人は』

と、手を取り、握りしめたい衝動に駆られた。

おそらく、

（その一両三分二朱、手をつけず、巾着ごと持っていなさる）

杢之助は確信した。

まだ視線を宙に泳がせている茂兵衛に、

「そのたとえ話だが、いつごろかね。そう以前のことじゃねえと感じやすが」

杢之助は問いかけた。最初に茂兵衛の挙措にハテと思ってから、すでに数日を経ている。

その間、茂兵衛は人に会うのも恐れるほど悩みつづけていた。いまそれを話している茂兵衛に杢之助は、いとおしさを覚えた。

茂兵衛は視線を杢之助に戻した。

「そ、それなら、あの、十日近くも前になろうか、一日中雨が降りつづいた日があったじゃろ。そのつぎの日じゃった。こんな日にこそと、わしは裸足《はだし》でお岩稲荷へお参りに行ったのじゃ」

言った茂兵衛は、アッといったように口を押えた。視線は、互いに見つめ合ったままである。

雨の降ったつぎの日といえば、源造がぬかるみのなかを裸足で左門町まで二件の殺しを伝えに来た日だ。なるほど十日ほど前になる。

ぬかるみのなかで、参詣人は茂兵衛以外にはいなかったのだろう。その信心深さが、かえって茂兵衛の出来心をあと押ししてしまったようだ。

「ほっ、茂兵衛さん。そのたとえ話さ、こんなつづきはどうじゃろ」

茂兵衛は怪訝《けげん》な表情になった。

「えっ」

李之助が言ったのへ、互いに目を合わせたまま茂兵衛は怪訝な表情になった。

「ふむ」

李之助はうなずきを返した。すでに茂兵衛を救う筋書きが、頭の中に出来上がっている。語りはじめた。

「雨の前の日くらいかなあ、お岩稲荷にお参りして巾着を落とした人がいなすった。そのあと境内はぬかるんだ。参詣人はいたが、巾着に気がつく人はなく、幾人かに踏まれ、巾着は泥の中に埋もれてしまった。そこへお参りした人が、土から紐がのぞいているのを見つけ、引っぱったら巾着だった。驚いて中を改めると一分金や二朱金で一両三分二朱。こんな大金と、ますます驚いてすぐ自身番に届けようとしたが、もう暗くなりかけている。それに巾着は泥にまみれており、洗ってから自身番にと思い、家に持ち帰った」

「ふむ」

茂兵衛はうなずいた。まったくはずれているとはいえない。

李之助はつづけた。

「ところが翌朝、その人は風邪をこじらせて寝込んでしまい、届けられなくなってしまった。それでついきょうまで来てしまった」

「木戸番さん、いや、李之助さん」

茂兵衛は身をねじったまま、まじまじと李之助を見つめた。

「も、李之助さんは、そう、そうしろ、と」

「ま、そうで。その一両三分二朱の入《へえ》った巾着、まだ長屋《そこ》にあるんでやしょう」

李之助は語尾を上げた。

「そ、そりゃあ……」

茂兵衛は目をそらせた。

「こういうことは、一日遅れれば、それだけまた動きにくくなりまさあ」

李之助は腰を上げ、まだ腰かけている茂兵衛の横をすり抜けるように三和土に下り、下駄をつっかけ外に出ると長屋の路地に、

「ちょいと出かけるから、留守をみていてくんねえ。すぐ戻りまさあ」

「あいよ」

李之助の大きな声に返したのは、左官屋の女房のようだ。

木戸番小屋の中では、茂兵衛が落ち着かなかようすで、まだすり切れ畳から腰を離していない。

「さあ。なにをしていなさる」

李之助は外から手招きした。

茂兵衛は、つづかざるを得ない雰囲気になっている。

「忍原の自身番ですかね」

聞き取れないような小さな声で言うと腰を上げ、敷居をまたいだ。


茂兵衛の長屋に寄った。

「さあ」

李之助は茂兵衛に腰高障子の中を手で示し、背を障子戸に向け外で待った。出て来た茂兵衛は巾着を手にしていた。部屋のどこに隠していたのか、巾着は土にまみれたままだった。

「おっと、手ではらったりしちゃいけやせん。泥の中に埋まっていたんでやすから、そのままに」

「そ、そうだな」

茂兵衛はそのままふところに入れた。長屋から忍原横丁の自身番に行くには、お岩稲荷の前を通るのが近道で、稲荷の前を過ぎればもうそこが自身番だ。

「それじゃあ儂はここで」

「えっ、杢さん、来なさらねえので？」

「儂がついて行ってなんになりやす」

「そ、それもそうだが」

「さあ」

杢之助にうながされ、茂兵衛は一人で自身番に向かった。

杢之助が自身番の前まで戻ると、

「あぁぁ、杢さん、杢さん」

と、遠くから大きな声で呼びとめられ、けたたましい下駄の音が響いた。ふり向かなくても誰だか分かる。

（見られていたか）

杢之助は困惑し、そのまま木戸番小屋に入った。どう説明するか、まだ脳裡にまとまっていない。

その一膳飯屋のかみさんが三和土に飛び込むのと、杢之助がすり切れ畳に胡坐を組むのがほとんど同時だった。

「ねえねえ、杢さん。さっき一緒に出かけたの、茂兵衛さんじゃなかったかね。どこへ行ったんだよう。なにか分かったんだろう、教えておくれよ」

矢継ぎ早に問いを浴びせかける。

「おうおう、茂兵衛さんだったじゃ。なにもかも分かったよ」

「えっ。なに、なになに」

かみさんは一歩前に歩み出て、荒物を押しのけ座り込んだ。

ともかく杢之助は話した。さっき、茂兵衛に話した内容である。

うなずきながらかみさんは聞き、

「そお、そおだったの。よかったあ。で、さっき一緒に出かけたのは？」

「あゝ、あれなあ。たまたま忍原の木戸番に用事があったから」

忍原横丁へ出かけるとき、おミネにつくった理由に似たのをここでも使った。

だが、それでは脈絡が合わない。杢之助は言いこしらえた。

「行こうとしたところへ、茂兵衛さんが忍原の自身番に巾着を届けてきたと話しに来なすって、それで出かけるのがたまたま一緒になったのさ。儂もいま帰って、おかみさんへ知らせに行こうと思っていたのさ。それより店のほう、そろそろ夕のお客が入る時分じゃないかね。仕込みのほうは大丈夫かい」

「そうなんだよ。だから急いで走って来たんだよ。でも、悪いことじゃなくってよかったよう。茂兵衛さん、風邪を引いてたんだねえ。それも治ってよかった」

言うとかみさんは腰を上げ、

「こんど茂兵衛さん来たら、精のつくものを食べさせてやらなくっちゃ」

言いながら腰高障子を外から閉めた。下駄の音が遠ざかる。急いでいるのが分かる。仕込みの途中だったのだろう。杢之助にはさいわいだった。かみさんは話の内容を根掘り葉掘り訊くこともなく、急いで帰ってくれた。このあと、茂兵衛が一両三分二朱が入った巾着を泥の中から拾い上げ、風邪が癒えてから忍原横丁の自身番に届けた話が、町中にながれることになるだろう。

杢之助は、また一人になった。

「ふーっ」

大きく息をついた。

なにやら、落ち着いてきた。隠居の茂兵衛爺さんや一膳飯屋のかみさんが、

(これこそみんな、左門町の住人さ)

思えてくるのだ。

このあと、茂兵衛が五合徳利を持って左門町の木戸番小屋に顔を見せたのは、陽も落ち、すっかり暗くなってからだった。

忍原横丁の自身番では、詰めている町役も書役もみんな茂兵衛の顔なじみだ。杢之助の言ったとおり、茂兵衛は話した。

「たとえ話なのに、わしの風邪をみんな心配してくれましてなあ。それに、落したお人から届けが出ていたそうな。鮫ガ橋の家具屋さんで、仕入れの資金だったそうな。さっそく知らせに走ってくれたよ。帰りに商舗によって、せがれ夫婦に話すと喜んでくれましてなあ、ほれ、夕の膳にこんなのまでつけてくれて。おすそわけに持って来ましたのじゃ」

と、それが五合徳利だった。茂兵衛の表情から、迷いのすっかり消えているのが、灯芯一本の灯りのなかにもはっきりと看て取れた。

その徳利は、さらに更けてから清次の持って来たチロリの熱燗とともに、木戸番小屋の湯飲みを満たした。

酌み交わしながら、

「ほんとうにようござんした。杢之助さんの取り越し苦労が、歪《ゆが》みかけた道を……ほんとうに……」

清次は湯飲みの酒を、ゆっくりと味わいながら干した。

杢之助もゆっくりと喉に通し、

「そういうお人だったのさ、紙屋の隠居は。だから人一倍に、悩まなければならなかったのさ」

さらに清次がチロリから注いだ熱燗を口に運び、

「ふふふ、取り越し苦労なんかじゃなかったぜ。これがほんとうの、木戸番人の仕事かもしれねえ。町の平穏を望む……なあ」

「そのようで、杢之助さんならば」

清次も手酌で五合徳利の酒を自分の湯飲みに注いだ。

六

だが、杢之助の周囲がこれで平穏になったわけではなかった。

翌日、午《ひる》をすこしまわった時分だった。飲食の店はいずこも書き入れ時の時間帯だった。

「源造さんがいま店に来ていなさって、杢さんを呼べって。用があるんなら自分

「でここへ来ればいいのにねえ」

と、おミネが木戸番小屋に杢之助を呼びに来た。

杢之助は待っていた。そろそろ、お白洲があったと知らせが入ってもいいころなのだ。そこへ源造がおもての居酒屋で呼んでいる。伏せるべき話ではなく、きっと裁許《さいきょ》が下りたのだろう。

「おう、すぐ行く」

杢之助は長屋に一言声をかけ、おミネと一緒におもての居酒屋に急いだ。

「おぉう、バンモク、呼び立ててすまねえ。まあ、座れ」

と、まん中の飯台を一人で占め、志乃が出したかすでに酒が入って上機嫌だった。だみ声も大きく、眉毛もひくひくと動いている。

「どうしたい、機嫌よさそうじゃねえか」

「ふふ。そう見えるかい。あったのよ、きょうだ。お白洲でご裁許がなあ」

杢之助が座るよりも早く源造は言った。

〝お白洲〟の言葉に、

「えぇえ！」

まわりの飯台の客たちが箸をとめ、まん中の飯台に注目した。清次も調理場から顔をのぞかせた。源造は杢之助が来るまで、呑んでいるだけでまだ話していなかったようだ。

それらの視線を受けながら、源造は得意げに、

「奉行所にゃ、俺がすべて証拠を整えたようなもんさ。やつら、あちこちに手の込んだ盗みを働きやがって、それに仲間まで殺しやがった」

「えっ。あの、そこの麦ヤ横丁で捕まえたってえ、あの三人組のことかい」

「そうよ」

となりの飯台の荷運び人足が言ったのへ源造は応え、

「市中引き廻しとまではいかねえが、品川の鈴ケ森で斬首のうえ獄門台よ」

「えっ、千住の小塚原じゃなかったのかい」

杢之助が問いを入れたのへ源造は、

「それよ、なんでも小塚原の番人小屋が三日ほど前《めえ》に火の不始末で燃えちまったらしく、それで刑がこっちへまわされたらしいのよ。獄門首にすりゃあ、番人が必要だからなあ」

「そんなの、どうだっていいや。で、いつ、いつなんでえ」

別の飯台からじれったそうに声が飛んだ。駕籠舁き人足の一人だ。

源造は応えた。

「死罪はなあ、決まれば即よ」

「きょうかい」

「そういうことだ」

「ちくしょう。品川のほうへ客がつかねえかなあ、安くしとくが」

と、もう一人の駕籠舁き人足だ。

「まあ」

おミネが声を上げ、居酒屋の中はしばしざわめいた。

源造がわざわざそれを知らせに来たということは、杢之助に内藤新宿の久左に伝えろとの意味を含んでいる。

「ところで親分、きのうそこで捕まったってえ掏摸はどうなったい」

「あゝ、あれかい」

隅の飯台から荷運び人足が言ったのへ、源造は周囲を見まわし、

「捕えたのは俺じゃねえが、自身番から奉行所の旦那に知らせ、大番屋へしょっ引いたのはこの俺よ」

太い眉毛を二、三度大きく上下させ、ふたたび杢之助に視線を戻し、

「やい、バンモク。聞くところによりゃあ、おめえ、大声を出しただけで、あとはこの店の前に突っ立っていただけらしいなあ」

「なに言ってるんですか、親分。あのときわたしたちもまわりのお人らも、みんなそうだったんですよう」

源造が言ったのへ、おミネが反発するように返した。この源造の言葉こそ、杢之助の期待するものだった。あのとき、衝動を抑えたかいがあった。

「ま、そういうところさ。榊原さまが、あまりにも見事だったからよう」

杢之助が応えたのへ、周囲はうなずいていた。

「それよりも、何回目だったのですか」

「おぉ、それそれ」

志乃が質《ただ》したのへ、周囲はいっそう源造に注目した。

「おっほん」

源造はまるで自分が取り調べたように咳払いをし、

「二回目だ。よって、江戸所払い。それもきょうあす中にご裁許が下らあ」

まわりからは、いくらか失望を含んだため息が洩れた。秘かに二人の首と胴が離れる残酷さを期待していたようだ。

だが杢之助は、

「ほう」

と、内心ホッとしたものを感じた。〝突っ立って見ていた〟だけでも、やはりその者らが打ち首になるなど、気分のいいものではない。

源造を中心にそれらの話が一段落すると、杢之助は早々に大木戸のほうへ向かった。源造も意気揚々と引き上げた。


内藤新宿では、久左はいずれかへ出かけ、与市がいた。

「やはりそうなりやしたか。いやあ、こたびの件ではわしら、町内《うち》の質屋と十一屋にも顔が立ちましたし、上町《かみまち》や下町《しもまち》、それに天龍寺門前にも久左がちょいと口出しできるようになり、あっしもこれから忙しくなりまさあ」

と、与市は頬をくずした。

なるほど、上町の酌婦《しゃくふ》だったおシンを殺した五助は、天龍寺門前町の木賃宿を塒《ねぐら》にしており、仲町の質屋と十一屋に押し入り、市ケ谷で五助を殺《や》った茂十たち三人は、下町の木賃宿を棲家にしていた。それらに関わる者を久左は、杢之助を通して動員し、事件の全面解決に一石を投じている。上町も下町も、店頭はただ見ているだけだったのだ。

「それはようござんした。これで内藤新宿は、ますます平穏に治《おさ》まりましょう」

李之助は返した。

(久左どんなら)

と、実際にそう思っている。

左門町に戻ると、

「杢さーん」

と、おミネが泣きそうな顔になっていた。居酒屋は書き入れ時を過ぎ、客はいなくなっていた。

「どうしたい」

店場で訊くと、ついさっきだったらしい。市ケ谷の海幸屋から、女将の遣《つか》いで小僧が来たという。

「太一が帰って来ると伝えに来てくれた、あの小僧さんだった」

おミネは寂しそうに言う。体調をくずして休んでいた包丁人が快癒し、助っ人に来ていた太一が今朝方、兄弟子と一緒に、

「品川の浜屋さんに帰ったって。だったら、帰るまえに知らせてくれればいいのに。海幸の女将さん、なんて意地悪な」

おミネの口調は、いかにも恨めしそうだった。

清次も志乃も、小僧の口上を聞くと同時に、それが海幸屋の女将の計《はか》らいであることを解した。

「――それが太一ちゃんのためっていうもんですよ、おミネさん」

と、志乃がなだめているところに、杢之助が帰って来たのだ。

杢之助も瞬時に、

(太一はやっぱり成長していたな)

と、確信し、

「またわざわざ知らせてくれるとは、海幸の女将さん、親切なお人だぜ。もう六日前になるか、一坊が元気な姿を見せてくれただけでも、精一杯の親孝行さ」

「そう、これ以上の贅沢《ぜいたく》は、太一のためにもよくねえ。太一はいま親元を離れ、修行中なんだぜ」

杢之助が言ったのへ、清次もつづけた。

「そりゃあ解っているけど。でも、こんなに近くにいながら」

と、おミネはまだ未練がましそうだった。

それにしても品川に帰るのがきょうとは、よくも重なったものだ。話しながら杢之助の脳裡には、

（茂十たち三人、いまごろ刑場の土壇場に引かれているのではないか）

ふとながれた。鈴ケ森は品川宿のはずれに広がっている。現地では、新たな首が獄門台に三つもならぶのが話題になっていることだろう。もうならんでいるかもしれない。

そこへ犯行現場の一つとなった市ケ谷から、太一たちが戻って来た。格好の土産話になる。兄弟子とともに、調理場でも湯に浸かっているときでも、朋輩《ほうばい》や兄弟子、さらにたまたま居合わせた者たちからも訊かれ、

『殺しのあった水茶屋、知っていますよ。投げ込んだお濠も』

などと話すことだろう。

さらに三人組を捕まえたのが、太一の通っていた手習い処の師匠とあってはなおさらだ。太一も得意だろう。だがそれは太一にとって、身に関わる話ではない。そこに左門町も杢之助も出てこない。強烈ではあるが、あくまで話題として話しているはずだ。

（そうでなくちゃならねえ）

　李之助は内心念じた。

　その表情に、清次は気づいていた。自分もそれを思っていたのだ。

「おっと、これ以上番小屋を留守にできねえ。ともかく一坊さ、親切な店で元気に働いている。よかったじゃねえか」

　おミネへ諭《さと》すように言い、木戸番小屋に戻った。

　桶が一つ消え、代金がそこに置いてあった。


　陽が西に大きくかたむき、松次郎と竹五郎が帰って来た。きょうは内藤新宿とは反対の、鮫ガ橋のほうからだった。

「李さん、李さん、えれえ評判だぜ。俺も鼻高々よ。掏摸を捕まえ金も拾って自身番に届けたんだからよう」

「ほれほれ、松つぁんの話はいつもそうだ。こんがらがってしまって」

　木戸番小屋に一歩入るなり角顔の松次郎が話し、丸顔の竹五郎が補足するようにつないだ。

　ここ数日、近辺の町々では話題に事欠かない。三人組の盗っ人に加え二人組の掏摸まで捕まえたことで、真吾の名はますます上がり、そこへきょうあたりから茂兵衛の話もながれはじめたようだ。

「でもよ、悔しいじゃねえか。ありゃあ左門町だぜ。それを忍原だなんてよう」

「ほれほれ、松つぁん」

と、また竹五郎が補足した。忍原横丁の紙屋の隠居が大金を拾い、自身番に届けて落とし主が鮫ガ橋の家具屋で、一文も欠けずに戻ったというのだ。

「だからよ、お店《たな》は忍原だが、いま隠居の茂兵衛爺さんは左門町に住んでいなさると、入ったお得意さんの庭でちゃんと話しているのさ」

「てやんでえ。俺も寄って来た女衆にそう話してらあ」

と、竹五郎が話し、松次郎が意気込んだところへ、

「おや、松つぁんに竹さん。いまお帰りかい」

と、背後で腰高障子のすき間を埋めたのは、なんと内藤新宿の与市だった。手には一升徳利を提げている。

「木戸番さん、すまねえ。久左《うち》の親分が一献差し上げてえ、と。で、きょうかあす、ご足労願いてえのだが」

与市にはきょう昼間、会ったばかりだ。話は久左に伝わり、それで一言お礼で

も述べたいのだろうと李之助は解した。

李之助にしては、このまま放っておいてもらいたいところだが、

「松つぁんと竹さんがここにいたのはちょうどよかった。李之助さん、どうですかい。松つぁんと竹さんには今宵、これで一杯やりながら留守居をしてもらい、李之助さんは内藤新宿《うち》のほうへ」

「ほっ、そいつはいい。李さん、行ってきなせえ。留守は俺たちが」

「それもいいなあ」

与市が言ったのへ、松次郎がさっそく反応し、竹五郎も同調した。理由《わけ》を知れば、清次が肴《さかな》を用意することだろう。

行かざるを得なくなってしまった。松次郎と竹五郎が木戸番小屋奥の住人であることは、久左一家の者は知っており、端《はな》からこの二人に李之助が留守居を頼みやすくするために、久左が一升徳利を持たせたのかもしれない。なかなか細かいところにも気が利く店頭である。

「ならば、今宵にするか。暮れ六ツ時分にでもおじゃましやしょうかい」

「おっ、そうと決まれば、さっと湯を浴びてくらあ。さあ、竹よ」

「おう」

と、松次郎と竹五郎が外へ飛び出し、

「それじゃ暮れ六ツごろにまた。親分にそう話しておきまさあ」

与市もつづいて往還に夕陽を受け長い影を引いた。

「ふーっ」

また杢之助は、すり切れ畳の上で大きな息をついた。

七

往還に動いていた長い影が、そろって地面へ吸い込まれた。日の入りだ。呼応するように、暮れ六ツの鐘が聞こえてきた。

「すまねえ、杢さん。つい湯舟に花が咲いちまってよう」

「鮫ガ橋の家具屋さ、知っているとこなので、つい話が……」

松次郎と竹五郎が、濡れた手拭を手に駈け戻って来た。湯舟談義の中心になり、つい時の経るのを忘れたのだろう。

「なあに、暮れ六ツと決めたわけじゃねえ。その時分にでもということだ」

杢之助は言いながら三和土に下り、提灯をふところに下駄をつっかけた。

秋の夕闇は急速に訪れ、長く居座る。それだけに日の入り直後の街道はいっそうの慌ただしさを見せる。そのなかに杢之助は急いだ。雑踏のなかでは、杢之助の下駄に音のないことなどまったく気にならない。

大木戸を抜け、物資の集散地としての顔から歓楽街の化粧顔に変わろうとする街道を進み、仲町の枝道に入ったころ、一帯に夕の帳《とばり》が下りはじめていた。

「おぉう、来なすったか。待っておりましたわい」

と、すでに夕餉《ゆうげ》の用意をして久左は待っていた。

通されたのはいつもの居間だが、箱火鉢《はこひばち》は隅にかたづけられ、四人の座が設けられていた。久左と杢之助、それに代貸《だいがし》とつなぎ役の与市である。代貸の面は知っているが、これまで親しく話す機会はなかった。相応の面構えだ。久左と杢之助が向かい合い、その左右に代貸と与市が控えるというかたちで、あと給仕役の若い衆が二人ついた。部屋には行灯《あんどん》が二張《ふたはり》置かれ、すでに火が入っている。

（こんな大仰《おおぎょう》な）

杢之助には思えてくる。

そのなかに久左の音頭でまず一献かたむけ、しばしこれまでの経緯ときょうの裁許が話題となった。久左は江戸府内とのつなぎの鮮やかさに、しきりと感謝の言葉を舌頭《ぜっとう》に乗せ、そのたびに代貸と与市は大きくうなずいていた。それらの褒《ほ》め言葉は、杢之助にはこそばゆいものを通り越していた。

　わけても、

「杢之助さんが深夜に走り、榊原さまと一人も残さず取り押さえなすったのは、見事というほかありやせんぜ。そのくせ昼間の掏摸騒ぎにゃ、まったく自制してなすった。並の人間にできることじゃありやせん」

　などと言ったのには、心ノ臓をドキリと打つものがあった。さすがに茂兵衛の件がここで話題になることはなかったが、

（この仁、勘付いているのかもしれねえ）

　一瞬、思わざるを得なかった。

　そんなはずはない。真吾にだって、詳しくは気づかれていない。しかしかれらには、独特の嗅覚がある。

（こいつぁ、源造さんと接する以上に、気を遣わにゃならんなあ）

　久左と酌み交わすのはこれが初めてだが、あらためて思われてくる。

「源造さんにもよろしゅうなあ」

　と、久左が言ったあとである。代貸がふとつづけた。

「まったく左門町の木戸番さんは、うまく源造さんを操《あやつ》っていなさる」

「えっ」

「こら、滅多なことを言うもんじゃねえ」

「へえ」

瞬時杢之助は緊張し、久左の叱責《しっせき》に代貸は恐縮の態《てい》となった。

それがきっかけになった。久左はきょうの本題に入ったようだ。

「ところで杢之助さん、どうだろうねえ。いっそうのこと、左門町を引き払って内藤新宿《こちら》へ来なさらんか」

「えぇえ!?」

一瞬、杢之助は聞き間違いかと思ったが、久左はそのままつづけた。

「上町と下町にも、俺の同業がいることは承知してなさろう」

「あゝ」

「俺とそいつらのつなぎ役を、やってもらいてえのだ。場合によっちゃ、杢之助さんに暫時《ざんじ》、宿《しゅく》全体の店頭をやってもらいてえ。なあに、後見は俺がしまさあ。うちの若い衆たちも、杢之助さんなら納得しまさあね」

代貸と与市が杢之助を凝視し、しきりとうなずいている。

即座に久左の魂胆は分かった。やがては内藤新宿全体を一人で仕切る、そういう店頭になろうとしている。

しかし、力づくでそれをやろうとしたなら、内藤新宿はしばし騒然とし、夜の街から客足が遠のくかもしれない。きっとそうなる。それを防ぐため、杢之助を仲介役に据えて時間をかけ、成り行きによっては杢之助を当面の店頭に立て、それを久左がそっくり受け継ぐ。久左なら、できるかもしれない。

「よしてくだせえ、人をからかうのは」

「からかってなんざいねえ。俺は本気で言っているんだぜ」

「あはは。儂には悪い冗談としか聞こえねえ。久左親分に代貸さん、それに与市どんも聞いてくだせえ。儂はいまのままが一番いいのでさあ。あの町の平穏なるを望み、そこへ静かに人知れず埋もれ……」

言いかけ、杢之助は言葉を変えた。

「ささやかに暮らしてえ。それが儂の望みで、分相応ってやつでさあ」

代貸と与市は、意外といった表情で、杢之助を見つめている。かれらの世界では、これほどの出世はないだろう。

久左はやはり一廉《ひとかど》の男か、さらりと言った。

「さすがは李之助さんだ。欲のねえ人だ。まあ、そんな話もあろうかと、胸のどこかに留《と》めておいてくんねえ」

「留めるも留めねえも、儂には縁のねえ話さ」

李之助は返した。だからといって、座が緊迫したわけではない。一件落着のささやかな酒宴は、このあともつづいた。

李之助が腰を上げたのは五ツ（およそ午後八時）時分だった。左門町では清次の居酒屋がそろそろ暖簾を下げ、李之助が火の用心にまわらなければならない時分である。おミネはもう長屋に帰っているかもしれない。

玄関で李之助が恐縮しているのに、

「この時分でさあ。縄張内でなんかあったら申しわけねえ。それとも、つき添いは邪魔ですかい」

と、久左は大木戸までの見送りに、与市と若い衆二人をつけた。

街はいつの間にか、脂粉《しふん》と嬌声《きょうせい》の巷《ちまた》に変わっていた。

大木戸を抜けると下駄に音もなく、ことさら静かだ。近くに李之助の持つ提灯以外に灯りはなかった。

木戸番小屋では、松次郎と竹五郎が宴たけなわをいくらか過ぎていた。

「さっきよう、おミネさんがちょいとのぞいてよ」

「杢さん、まだ戻っていねえってえと、あきれ顔になってたよ」

などと言いながら簡単にあとかたづけをし、

「どぶ板がすこし傷《いた》んでいるからさ、その提灯、貸してくんねえ」

と、杢之助から提灯を受け取り、ふらふらと長屋に戻った。

待っていたように、清次が腰高障子をそっと開けた。

「拍子木を打っただけでやすが、火の用心の見まわりはさっきしておきやした」

と、すり切れ畳でのささやかな酒盛りは、杢之助と清次に引き継がれた。

杢之助は話した。

「えぇえ!?　そんなことを!!」

「仰天したぜ、久左どんの話にゃあ。それが冗談でもねえ。二度びっくりさ」

「そりゃあ、あっしだって」

と、内藤新宿の店頭を代行する話には、清次も驚きを禁じ得ない。

「なんだか、背筋がゾッとしたさ。儂って、そんな風に見られていたのかってよう」

「いえ……それが杢之助さんの……宿命ってやつかもしれやせんよ」

部屋には、おもはゆい空気がながれた。

「もっと精進しなきゃ……なんねえのかなあ」

「へえ。取り越し苦労のねえ範囲で」

「こきやがれ。でもよ、一坊の元気な姿を見たし、茂兵衛爺さんの悩みも、なんだか清々《すがすが》しかったぜ」

「もっともで」

二人は同時に湯飲みを干した。天保七年（一八三六）の長月《ながつき》（九月）も下旬となった一日、長屋にも通りにも物音ひとつしない。左門町の夜は、平穏に包まれたように更けようとしていた。

この作品は廣済堂文庫のために書下ろされました。

特選時代小説
KOSAIDO BUNKO

木戸《きど》の隠《かく》れ仕事《しごと》
大江戸《おおえど》番太郎《ばんたろう》事件帳《じけんちょう》㉚

2015年2月1日　第1版第1刷

著者
喜安幸夫《きやすゆきお》

発行者
清田順稔

発行所
株式会社 廣済堂出版
〒104-0061 東京都中央区銀座3-7-6
電話◆03-6703-0964［編集］ 03-6703-0962［販売］ Fax◆03-6703-0963［販売］
振替00180-0-164137　http://www.kosaido-pub.co.jp

印刷所・製本所
株式会社 廣済堂

ISBN978-4-331-61623-9　C0193

定価はカバーに表示してあります。落丁・乱丁本はお取り替えいたします。